Die Goddelose Susters

Die Goddelose Susters

Aldivan Torres

aldivan teixeira torres

CONTENTS

1

Die Goddelose Susters

Aldivan Torres

Die Goddelose Susters

Deur: Aldivan Torres
Aldivan Torres

Aldivan Torres, gebore in Brasilië, is 'n literêre kunstenaar. Beloftes met sy geskrifte om die publiek te verheug en hom na die genot van plesier te lei. Na alles, seks is een van die beste dinge wat daar is.

Toewyding en dankie

Ek wy hierdie erotiese reeks aan alle seks liefhebbers en pervert soos ek. Ek hoop om aan die verwagtinge van alle kranksinnige gedagtes te voldoen. Ek begin hierdie werk hier met die oortuiging dat Amelinha, Belinha en hul vriende geskiedenis sal maak. Sonder verdere ad, 'n warm drukkie vir my lesers.

Goeie leeswerk en baie pret.

Met liefde, die skrywer.

Voorlegging

Amelinha en Belinha is twee susters wat in die binnekant van Pernambuco gebore en opgewek word. Dogters van boerdery vaders het vroeg geweet hoe om die hewige probleme van die land se lewe met 'n glimlag op hul gesig te sien. Hiermee het hulle hul persoonlike veroweringe bereik. Die eerste is 'n openbare finansies ouditeur en die ander, minder intelligent, is 'n munisipale onderwyser van basiese onderwys in Arcoverde.

Alhoewel hulle professioneel gelukkig is, het die twee 'n ernstige chroniese probleem met betrekking tot verhoudings omdat hulle nooit hul Prins-sjarme gevind het nie, wat elke vrou se droom is. Die oudste, Belinha, het 'n rukkie saam met 'n man gekom. Dit is egter verraai wat in sy klein hart onherstelbare traumas gegenereer het. Sy is gedwing om maniere te deel en haarself belowe om nooit weer te ly as gevolg van 'n man nie. Amelinha, arme ding, sy kan nie eens onsself verloof word nie. Wie wil met Amelinha trou? Sy is 'n vurige donkerkop, skraal, medium hoogte, heuning kleurige oë, medium boude, borste soos waatlemoen, bors wat buite 'n boeiende glimlag gedefinieer word. Niemand weet wat haar werklike probleem is nie, of eerder albei nie.

Met betrekking tot hul interpersoonlike verhouding, is hulle baie naby aan die deel van geheime tussen hulle. Aangesien Belinha deur 'n skelm verraai is, het Amelinha die pyn van haar suster geneem en ook met mans gespeel. Die twee het 'n dinamiese duo bekend geword as die "verdraaide susters". Desondanks is mans daarvan om hul speelgoed te wees. Dit is omdat daar niks beter is as om Belinha en Amelinha selfs vir 'n oomblik lief te hê nie. Sal ons hul stories saam leer ken?

Toer in die stad Pesqueira

Die swartman

Amelinha en Belinha sowel as groot professionele persone en liefhebbers is pragtige en ryk vroue wat in sosiale netwerke geïntegreer is. Benewens die geslag self, probeer hulle ook om vriende te maak.

Een keer het 'n man die virtuele klets ingeskryf. Sy bynaam was "swart man". Op hierdie oomblik het sy gou gebewe omdat sy swart mans liefgehad het. Legende het dit dat hulle 'n onbetwiste sjarme het.

"Hallo pragtig! " Jy het die geseënde swartman genoem.

" Hallo, alles reg? " Beantwoord Belinha.

" Al is groot. Mag jy 'n lekker aand hê!

"Goeie nag. Ek is lief vir swart mense!

" Dit het my nou diep aangeraak! Maar is daar 'n spesiale rede hiervoor? Wat is jou naam?

" Wel, die rede hiervoor is my suster en ek hou van mans, as jy weet wat ek bedoel. Wat die naam betref, al is dit 'n baie privaat omgewing, het ek niks om weg te steek nie. My naam is Belinha. Bly te kenne.

"Dis 'n groot plesier. My naam is Flavius, en ek is baie lekker!

" Ek het in sy woorde ferm gevoel. Jy bedoel my intuïsie is reg?

" Ek kan dit nie nou antwoord nie, want dit sal die hele raaisel beëindig. Wat is jou suster se naam?

" Haar naam is Amelinha.

“ Amelinha ! Pragtige naam! Kan jy jouself fisies beskryf?

“ Ek is blonde, lang, sterk, lang hare, groot boude, medium borste, En ek het 'n beeldhou kundige liggaam. En jy?

“ Swart kleur, een meter en tagtig sentimeter hoë, sterk, gevlekte, arms en bene dik, netjies, gesing hare en gedefinieerde gesigte.

“ Jy maak my opgewonde!

“ Moenie daaroor bekommerd wees nie. Wie weet my, vergeet nooit.

“ Jy wil my nou mal maak?

“ Jammer daaroor, baba! Dit is net om 'n bietjie sjarme by ons gesprek te voeg.

“Hoe oud is jy?

“ Vyf en twintig jaar en joune?

“ Ek is agt en dertig jaar oud en my suster vier en dertig. Ten spyte van die ouderdomsverskil, is ons baie naby. In die kinderjare het ons verenig om probleme te oorkom. Toe ons tieners was, het ons ons drome gedeel. En nou, in volwassenheid, deel ons ons prestasies en frustrasies. Ek kan nie sonder haar lewe nie.

“ Groot! Hierdie gevoel van joune is baie mooi. Ek kry die drang om jou albei te ontmoet. Is sy so stout soos jy?

“ Op 'n goeie manier is sy die beste by wat sy doen. Baie slim, mooi en beleefd. My voordeel is dat ek slimmer is.

“ Maar ek sien nie 'n probleem hierin nie. Ek hou van albei.

“ Hou jy regtig daarvan? Jy weet, Amelinha is 'n spesiale vrou. Nie omdat sy my suster is nie, maar omdat sy 'n reuse hart het. Ek voel 'n bietjie jammer vir haar omdat sy nooit 'n bruidegom het nie. Ek weet haar droom is om te trou. Sy het my by 'n opstand aangesluit omdat ek deur my metgesel verraai is. Sedertdien soek ons net vinnige verhoudings.

" Ek verstaan heeltemal. Ek is ook 'n pervert. Ek het egter geen spesiale rede nie. Ek wil net my jeug geniet. Jy lyk soos groot mense.

"Baie dankie. Is jy regtig van Arcoverde?

" Ja, ek is van die sentrum. En jy?

" Van die Heilig Christopher-omgewing.

" Groot. Bly jy alleen?

" Ja. Naby die bulstasie.

" Kan jy vandag 'n besoek van 'n man kry?

" Ons wil graag hê. Maar jy moet albei hanteer. Goed?

" Moenie bekommerd wees nie, liefde. Ek kan tot drie hanteer.

" Ag, ja! Dit is waar!

" Ek sal daar wees. Kan jy die ligging verduidelik?

" Ja. Dit sal my plesier wees.

" Ek weet waar dit is. Ek kom daar op!

Die swartman het ook die kamer verlaat en Belinha ook. Sy het daarvan voordeel getrek en na die kombuis verskuif waar sy haar suster ontmoet het. Amelinha was die vuil skottelgoed vir aandete.

" Goeie nag vir jou, Amelinha. Jy sal nie glo nie. Raai wie gaan oorkom?

" Ek het geen idee nie, suster. Wie?

" Die Flavius. Ek het hom in die virtuele klets kamer ontmoet. Hy sal vandag ons vermaak wees.

"Hoe lyk hy?

" Dit is swart man. Het jy ooit opgehou en dink dat dit lekker kan wees? Die arme man weet nie wat ons in staat is nie!

" Dit is regtig, suster! Kom ons maak hom af." Hy sal val, met my! " Sê Belinha.

"Geen! Dit sal by my wees - antwoord Amelinha.

" Een ding is seker: met een van ons sal hy val- Belinha het afgesluit.

"Dit is waar! Hoe gaan dit met ons alles reg in die slaapkamer?

"Goeie idee. Ek sal jou help!

Die twee onversadigbare poppe het na die kamer gegaan wat alles vir die aankoms van die mannetjie georganiseer het. Sodra hulle klaar is, hoor hulle die klokkie.

" Is dit hom, suster? " Gevra Amelinha.

" Kom ons kyk dit saam! " Hy het Belinha genooi.

" Kom op! Amelinha het ingestem.

Stap vir stap het die twee vroue die slaapkamerdeur geslaag, die eetkamer geslaag en dan in die sitkamer aangekom. Hulle het na die deur geloop. Wanneer hulle dit oopmaak, ontmoet hulle Flavius se sjarme en manlike glimlag.

"Goeie nag! Goed so? Ek is die Flavius.

"Goeie nag. Jy is mees welkom. Ek is Belinha wat met jou op die rekenaar gepraat het en hierdie lieflike meisie langs my is my suster.

" Mooi om jou te ontmoet, Flavius! " Amelinha het gesê.

"Aangename kennis. Kan ek in kom?

" seker! " Die twee vroue het gelyktydig beantwoord.

Die Hingste het toegang tot die kamer gehad deur elke detail van die dekor te waarneem. Wat het in daardie kokende verstand aangaan? Hy is veral deur elkeen van die vroulike monsters aangeraak. Na 'n kort oomblik, Hy het diep in die oë van die twee hoere gekyk en gesê:

" Is jy gereed vir wat ek gekom het om te doen?

" Beperk die geliefdes gereed!

Die trio het hard gestop en 'n lang pad na die groter kamer van die huis geloop. Deur die deur toe te maak, was hulle seker die hemel sal in 'n kwessie van sekondes na die hel toe gaan. Alles was perfek: die rangskikking van die handdoeke, die seks speelgoed, die Pornofilm wat op die plafon televisie speel en die romantiese musiek lewendige. Niks kan die plesier van 'n goeie aand wegneem nie.

Die eerste stap is om by die bed te sit. Die swartman het sy klere van die twee vroue begin afneem. Hul begeerte en dors vir seks was so groot dat hulle 'n bietjie angs in daardie lieflike dames veroorsaak het. Hy het sy hemp afgetrek wat die toraks en buik het wat goed uitgewerk is deur die daaglikse oefensessie by die gimnasium. Jou gemiddelde hare regoor hierdie streek het sug van die meisies getrek. Daarna het hy sy broek afgeneem wat die siening van sy boks onderklere het, gevolglik sy volume en manlikheid toon. Op hierdie oomblik het hy toegelaat dat hulle die orrel aanraak, wat dit meer regop maak. Met geen geheime het hy sy onderklere weggegooi om alles wat God aan hom gegee het, te wys nie.

Hy was twee en twintig sentimeter lank, veertien sentimeter in deursnee genoeg om hulle mal te maak. Sonder om tyd te mors, het hulle op hom geval. Hulle het met die voorspel begin. Terwyl 'n mens haar haan in haar mond ingesluk het, die ander lek die skrotum se sterte. In hierdie operasie, Dit is drie minute. Lank genoeg om heeltemal gereed te wees vir seks.

Toe het hy begin met die penetrasie in een en dan in die ander sonder voorkeur. Die gereelde pas van die skutte het gekrul, skreeu en verskeie orgasmes na die Wet. Dit was dertig minute vaginale seks. Elke een helfte van die tyd. Toe het hulle afgesluit met mondelinge en anale seks.

Die vuur

Dit was 'n koue, donker en reënerige nag in die hoofstad van al die Binnehuis van Pernambuco. Daar was oomblikke toe die voorwinde 100 kilometer per uur bereik het wat die arme susters Amelinha en Belinha skrik. Die twee verdraaide susters het in die woonkamer van hul eenvoudige verblyf in die Heilige Christopher-omgewing ontmoet. Met niks om te doen nie, het hulle gelukkig oor algemene dinge gepraat.

“ Amelinha, hoe was jou dag by die plaas kantoor?

“ Dieselfde ou ding: Ek het die belasting beplanning van die belasting” en doeane-administrasie georganiseer, die betaling van belasting behaal, in die voorkoming en gevegte van belastingontduiking gewerk. Dit is harde werk en vervelig. Maar lonend en goed betaal. En jy? Hoe was jou roetine in die skool? “ Gevra Amelinha.

“ In die klas het ek die inhoud geslaag om die studente op die beste moontlike manier te lei. Ek het die foute reggestel en twee selfone van studente wat die klas versteur het, geneem. Ek het ook klasse in gedrag, postuur, dinamika en nuttige advies gegee. In elk geval, behalwe om 'n onderwyser te wees, is ek hul Ma. Bewys hiervan is dat, By onderbreking het ek die klas van studente geïnfiltreer en saam met hulle het ons. Na my mening is die skool ons tweede huis en ons moet die vriendskappe en menslike verbindings wat ons daaruit het, omsien. Belinha het geantwoord.

" Briljant, my klein suster. Ons werke is wonderlik omdat hulle belangrike emosionele en interaksie-konstruksies tussen mense bied. Geen mens kan in isolasie leef nie, laat staan sonder sielkundige en finansiële hulpbronne " geanaliseer Amelinha.

"Ek stem saam. Werk is noodsaaklik vir ons, aangesien dit ons onafhanklik maak van die heersende seksistiese ryk in ons samelewing, het Belinha gesê.

" Presies. Ons sal voortgaan in ons waardes en houdings. Die mens is net goed in Bed "Amelinha waargeneem.

" Praat van mans, wat het jy van Christien gedink? " Belinha gevra.

" Hy het aan my verwagtinge geleef. Na so 'n ervaring, vra my instinkte en my gedagtes altyd vir meer genereer interne ontevredenheid. Wat is jou mening? " Gevra Amelinha.

" Dit was goed, maar ek voel ook soos jy: onvolledig. Ek is droog van liefde en seks. Ek wil meer en meer hê. Wat het ons vandag? " Sê Belinha.

" Ek is uit idees. Die nag is koud, donker en donker. Hoor jy die geraas buite? Daar is baie reën, sterk winde, weerlig en donderweer. Ek is bang! " Het Amelinha gesê.

"Ek ook! " Belinha bely.

Op hierdie oomblik, 'N Donderende donderweer word in Arcoverde gehoor. Amelinha spring in die skoot van Belinha wat van pyn en wanhoop skree. Terselfdertyd ontbreek elektrisiteit, wat hulle albei desperaat maak.

" Wat nou? Wat sal ons Belinha doen? " Gevra Amelinha.

" Kom uit my, teef! Ek sal die kerse kry! " Sê Belinha. Belinha het haar suster saggies aan die kant van die rusbank gedruk terwyl sy die mure gekry het om by die kombuis te kom. Aangesien die huis relatief klein is, neem dit nie lank om hierdie operasie te voltooi nie. Met die gebruik van takt, neem hy die kerse in die kas en lig hulle met die wedstryde wat strategies op die stoof geplaas is.

Met die beligting van die kers kom sy rustig terug na die kamer waar hy aan sy suster ontmoet met 'n geheimsinnige glimlag wat op sy gesig wyd oop is. Waaraan was sy?

" Jy kan uitlaat, suster! Ek weet jy dink iets " het Belinha gesê.

" Wat as ons die Stad Brandweer "waarskuwing van 'n vuur genoem het? Het Amelinha gesê.

" Laat ek dit reguit kry. Jy wil 'n fiktiewe vuur uitvind om hierdie mans te lok? Wat as ons in hegtenis geneem word? " Belinha was bang.

"My kollega! Ek is seker hulle sal die verrassing liefhê. Wat moet hulle beter doen op 'n donker en dowwe aand soos hierdie? " Het Amelinha gesê.

"Jy is reg. Hulle sal jou bedank vir die pret. Ons sal die vuur breek wat ons van binne af verteer. Nou, Die vraag kom: Wie sal die moed hê om hulle te bel? " Gevra Belinha.

" Ek is baie skaam. Ek verlaat hierdie taak aan jou, my suster " het Amelinha gesê.

“ Altyd my. Goed. Wat ook al gebeur, gebeur ”Belinha is afgesluit.

Staan op van die rusbank, Belinha gaan na die tafel in die hoek waar die selfoon geïnstalleer is. Sy noem die brandweer se noodnommer en wag om beantwoord te word. Na 'n paar aanraking hoor hy 'n diep, stewige stem wat van die ander kant praat.

“Goeie nag. Dit is die brandweer. Wat wil jy hê?

“ My naam is Belinha. Ek woon in die Heilige Christopher-omgewing hier in Arcoverde. My suster en ek is desperaat met al hierdie reën. Toe elektrisiteit hier in ons huis uitgegaan het, het 'n kortsluiting veroorsaak, wat die voorwerpe aan die brand gesteek het. Gelukkig het my suster en ek uitgegaan. Die vuur verteer die huis stadig. Ons het die hulp van die brandweermanne nodig, het die meisie ontsteld.

“ Neem dit maklik, my vriend. Ons sal binnekort daar wees. Kan u gedetailleerde inligting oor u ligging gee? “ het die brandweerman aan diens gevra.

“ My huis is presies op Sentrale laan, derde huis aan die regterkant. Is dit goed met julle ouens?

“ Ek weet waar dit is. Ons sal binne 'n paar minute daar wees. Wees kalm, het die brandweerman gesê.

“Ons wag. Dankie! “ Dankie Belinha.

Terugkeer na die rusbank met 'n wye grint, Die twee van hulle het hul kussings verlaat en gesnuif met die pret wat hulle gedoen het. Dit word egter nie aanbeveel om te doen nie, tensy hulle twee hoere soos hulle was.

Ongeveer tien minute later het hulle 'n klop aan die deur gehoor en gaan om dit te beantwoord. Toe hulle die deur oopmaak, het hulle drie magiese gesigte gekonfronteer, elk met sy kenmerkende skoonheid. Een was swart, ses voet lank, bene en arms medium. 'N Ander was donker, een meter en negentig, gespierd en beeldhouwerk. 'N Derde was wit, kort, dun, maar baie lief. Die wit seun wil homself voorstel:

“ Hi., dames, goeie nag! My naam is Roberto. Hierdie man langsaan word Matthew en die Brown Man, Philip genoem. Wat is jou name en waar is die vuur?

“ Ek is Belinha, ek het op die telefoon met jou gepraat. Hierdie donkerkop hier is my suster Amelinha. Kom in en ek sal dit aan jou verduidelik.

“ Goed “ hulle het terselfdertyd in die drie brandweermanne geneem.

Die Kwintet het die huis binnegekom en alles lyk normaal omdat die elektrisiteit teruggekeer het. Hulle vestig op die bank in die sitkamer saam met die meisies. Verdagte, hulle maak gesprek.

“ Die vuur is verby, is dit? “ Matthew het gevra.

“ Ja. Ons beheer dit reeds dankie aan 'n groot poging “ verduidelik Amelinha.

“ Jammer! Ek wil werk. Daar by die kaserne is die roetine so eentonig “ het Felipe gesê.

“Ek het 'n idee. Hoe gaan dit om op 'n meer aangename manier te werk?” Belinha het voorgestel.

“ Jy bedoel dat jy is wat ek dink? “ bevraagteken Felipe.

“ Ja. Ons is enkel vroue wat lief is vir plesier. In die bui vir die pret? “ Gevra Belinha.

“ Slegs as jy nou gaan “ beantwoord swart man.

“ Ek is ook in die bruin man.

“ Wag vir my “ die wit seun is beskikbaar.

“ So, laat die meisies gesê word.

Die Kwintet het die kamer ingeskryf om 'n dubbelbed te deel. Toe begin die seks orgie. Belinha en Amelinha het beurte geneem om die plesier van die drie brandweermanne by te woon. Alles was magies en daar was geen beter gevoel as om by hulle te wees nie. Met gevarieerde geskenke het hulle seksuele en posisionele variasies ervaar wat 'n perfekte prentjie geskep het.

Die meisies was onversadigbaar in hul seksuele ywer wat die professionele persone gekry het. Hulle het deur die nag gegaan om seks te hê en die plesier het nooit gelyk nie. Hulle het nie verlaat totdat hulle 'n dringende oproep van die werk het nie. Hulle het opgehou en gaan om die polisieverslag te beantwoord. Tog sal hulle nooit die wonderlike ervaring langs die "verdraaide susters" vergeet nie.

Mediese konsultasie

Dit het op die pragtige buitelandse kapitaal aangebreek. Gewoonlik het die twee verdraaide susters vroeg wakker geword. Maar toe hulle opgestaan het, het hulle nie goed gevoel nie. Terwyl Amelinha nies hou, het haar suster Belinha 'n bietjie versmoor. Hierdie feite het waarskynlik van die vorige nag in die Virginia vierkant gekom waar hulle gedrink het, Sit op die mond en snuif harmonieus in die rustige nag.

Terwyl hulle nie goed voel nie en sonder krag vir enigiets, het hulle op die rusbank gesit wat godsdienstig dink oor wat om te doen omdat professionele verpligtinge gewag het om opgelos te word.

" Wat doen ons, suster? Ek is heeltemal uit asem en uitgeput " het Belinha gesê.

" Vertel my daarvan! Ek het 'n kopseer en ek begin om 'n virus te kry. Ons is verlore! " Het Amelinha gesê.

" Maar ek dink nie dit is 'n rede om werk te mis nie! Mense is afhanklik van ons! " het Belinha gesê

" Kalmeer, laat ons nie paniekerig raak nie! Hoe gaan dit met ons aansluit? " Voorgestelde Amelinha.

" Moenie vir my sê jy dink wat ek dink nie .... " Belinha was verbaas.

" Dit is reg. Kom ons gaan saam na die dokter! Dit sal 'n goeie rede wees om werk te mis en wie weet nie gebeur wat ons wil hê nie! " het Amelinha gesê

" Groot idee! So, waarvoor wag ons? Kom ons maak gereed! " Gevra Belinha.

" Kom op! " Amelinha het ingestem.

Die twee het na hul onderskeie kampe gegaan. Hulle was so opgewonde oor die besluit; Hulle het nie eens siek geword nie. Was dit alles net hul uitvinding? Vergewe my, leser, laat ons nie sleg van ons liewe vriende dink nie. In plaas daarvan sal ons hulle vergesel in hierdie opwindende nuwe hoofstuk van hul lewens.

In die slaapkamer het hulle in hul suites gebad, nuwe klere en skoene geplaas, het hul lang hare gekam, 'n Franse parfuum geplaas en toe na die kombuis gegaan. Daar het hulle eiers en kaas gebreek wat twee brode gevul het en met 'n verkoelde sap geëet het. Alles was baie lekker. Tog het hulle dit nie gelyk of die angs en senuweeagtigheid voor die dokter se aanstelling reusagtig was nie.

Met alles reg, het hulle die kombuis verlaat om die huis te verlaat. Met elke stap wat hulle geneem het, het hul klein harte met emosie gedink in 'n heeltemal nuwe ervaring. Geseënd is hulle almal! Optimisme het hulle vasgehou en was iets wat deur ander gevolg moes word!

Aan die buitekant van die huis gaan hulle na die motorhuis. Die deur oopmaak in twee pogings, staan hulle voor die beskeie rooi motor. Ten spyte van hul goeie smaak in motors, het hulle die gewilde mense vir die klassieke verkies om vrees vir die algemene geweld in bykans alle Brasiliaanse streke.

Sonder vertraging betree die meisies die motor wat die uitgang liggies gee en dan sluit een van hulle die motorhuis om onmiddellik na die motor terug te keer. Wie dryf is Amelinha met ervaring reeds tien jaar. Belinha is nog nie toegelaat om te bestuur nie.

Die baie kort roete tussen hul huis en die hospitaal word met veiligheid, harmonie en rustigheid gedoen. Op daardie oomblik het hulle die vals gevoel gehad dat hulle enigiets kon doen. Teenstrydig was hulle bang vir sy slinkse en vryheid. Hulle self was verbaas oor die optrede wat geneem is. Dit was nie vir iets minder dat hulle Slegterige goeie basters genoem is nie!

By die hospitaal aankom, het hulle die afspraak geskeduleer en gewag om geroep te word. In hierdie tydsinterval het hulle voordeel getrek om 'n peuselhappies te maak en boodskappe uit te ruil deur die mobiele aansoek met hul beste seksuele bediendes. Meer sinies en vrolik as hierdie, dit was onmoontlik om te wees!

Na 'n rukkie is dit hul beurt om gesien te word. Onafskeidbaar, hulle betree die CARE-kantoor. Wanneer dit gebeur, het dokter amper 'n hartaanval. Voor hulle was 'n seldsame stuk van 'n man: 'n lang blonde, een meter en negentig sentimeter lank, baar, hare wat 'n poniestert, spier wapens en borste vorm, natuurlike gesigte met 'n engelagtige voorkoms. Selfs voordat hulle 'n reaksie kon opstel, nooi hy uit:

" Sit, albei van julle!

" Dankie! " Hulle het albei gesê.

Die twee het tyd om 'n vinnige analise van die omgewing te maak: voor die dientafel, die dokter, die stoel waarin hy gesit en agter 'n kas sit. Aan die regterkant, 'n bed. Op die muur, ekspressionistiese skilderye deur skrywer Cândido Portinari wat die man van die platteland uitbeeld. Die atmosfeer is baie knus om die meisies op sy gemak te verlaat. Die atmosfeer van ontspanning word deur die formele aspek van die konsultasie gebreek.

" Sê vir my wat jy voel, meisies!

Dit het informeel aan die meisies geklink. Hoe soet was daardie blonde man! Dit moes lekker wees om te eet." Hoofpyn, onverskilligheid en virus! " het aan Amelinha gesê.

" Ek is asemloos en moeg! " Hy het Belinha beweer.

" Dit is goed! Laat ek kyk! Lê op die bed! " Die dokter het gevra.

Die hoere het op hierdie versoek skaars asemhaal. Die professionele het hulle gemaak om 'n deel van hul klere af te neem en in verskillende dele te voel wat kouekoors en koue sweet veroorsaak het. Om te besef dat daar niks ernstigs met hulle was nie, het die bediende geskerts:

" Dit lyk alles perfek! Wat wil jy hê hulle moet bang wees? 'N Inspuiting in die esel?

" Ek is mal daaroor! As dit 'n groot en dik inspuiting is, selfs beter! " Sê Belinha.

" Sal jy stadig aansoek doen, liefde? " Het Amelinha gesê.

" Jy vra al te veel! " kennis geneem van die klinikus.

Om die deur versigtig te maak, val hy op die meisies soos 'n wilde dier. Eerstens neem hy die res van die klere van die liggame af. Dit skerp sy libido nog meer. Deur heeltemal naak te wees, bewonder hy vir 'n oomblik die beeldhou kundige wesens. Dan is dit sy beurt om af te wys. Hy maak seker dat hulle hul klere afneem. Dit verhoog die wisselwerking en intimiteit tussen die groep.

Met alles wat gereed is, begin hulle die voorlopers van seks. Die gebruik van die tong in sensitiewe dele soos die anus, die esel en die oor, veroorsaak die blonde mini-plesier orgasmes in beide vroue. Alles het goed gegaan, selfs wanneer iemand aan die deur geklop het. Geen uitweg, hy moet antwoord nie. Hy stap 'n bietjie en maak die deur oop. Deur dit te doen, kom hy oor die Verpleegster by oproep: 'n slanke mulatto, met dun bene en baie laag.

" Dokter, ek het 'n vraag oor 'n pasiënt se medikasie: Is dit vyf of driehonderd milligram aspirien? " Vra Roberto 'n resep.

" Vyfhonderd! " Bevestigde Alex bevestig.

Op die oomblik het die verpleegster die voete van die naakte meisies gesien wat probeer het om weg te steek. Binnein gelag.

" Grap om 'n bietjie, hul, doc? Moenie jou vriende nie eens noem nie!

" Verskoon my! Wil jy by die bende aansluit?

" Ek sal graag!

" Kom dan!

Die twee het die kamer ingekom wat die deur agter hulle gesluit het. Meer as vinnig het die Mulatto sy klere uitgetrek. Heeltemal naak, het hy sy lang, dik, aasagtige mas as 'n trofee gewys. Belinha was verheug en het hom gou mondelinge seks gegee. Alex het ook geëis dat Amelinha dieselfde met hom doen. Na mondeling het hulle anale begin. In hierdie deel het Belinha dit baie moeilik gevind om aan die verpleegster se monster haan vas te hou. Maar sodra dit die gat binnegekom het, was hulle plesier enorm. Aan die ander kant het hulle nie probleme gehad nie omdat hul penis normaal was.

Toe het hulle vaginale seks in verskillende posisies gehad. Die beweging van heen en weer in die holte het hallusinasies in hulle veroorsaak. Na hierdie stadium het die vier verenig in 'n groep seks. Dit was die beste ervaring waarin die oorblywende energieë bestee is. Vyftien minute later is hulle albei uitverkoop. Vir die susters sal seks nooit eindig nie, maar goed soos hulle die swakheid van daardie mans gerespekteer is. Om nie hul werk te versteur nie, hou hulle op om die sertifikaat van regverdiging van die werk en hul persoonlike foon te neem. Hulle het heeltemal saamgestel sonder om iemand se aandag tydens die hospitaal ooreenkoms op te wek.

By die parkeerterrein het hulle die motor binnegekom en die pad terug begin. Gelukkig soos hulle is, het hulle reeds aan hul volgende seksuele onheil gedink. Die verdraaide susters was regtig iets!

Privaat les

Dit was 'n middag soos enige ander. Nuwelinge van die werk, die verdraaide susters was besig met huishoudelike take. Nadat hulle al die take voltooi het, het hulle in die kamer bymekaargekom om 'n bietjie te Rus. Terwyl Amelinha 'n boek gelees het, het Belinha die mobiele internet gebruik om haar gunsteling webwerwe te blaai.

"Op 'n stadium skree die tweede hardop in die kamer, wat haar suster skrik.

"Wat is dit, meisie? Is jy mal? " Gevra Amelinha.

"Ek het net toegang gehad tot die webwerf van wedstryde wat 'n dankbare verrassing-ingeligte Belinha het.

"Vertel my meer!

"Registrasies van die Federale Streekshoof is oop. Kom ons doen?

"Goed oproep, my suster! Wat is die salaris?

"More as tien duisend aanvanklike dollars.

"Baie goed! My werk is beter. Ek sal egter die wedstryd maak omdat ek myself voorberei op soek na ander gebeurtenisse. Dit sal dien as 'n eksperiment.

"Jy doen baie goed! U moedig my aan. Nou, Ek weet nie waar om te begin nie. Kan jy my wenke gee?

"Bou 'n virtuele kursus, vra baie vrae op die toetsterreine, doen en herhaal vorige toetse, skryf opsommings, kyk wenke en laai goeie materiaal op die internet onder andere.

“Dankie! Ek sal al hierdie raad neem! Maar ek het iets meer nodig. Kyk, suster, aangesien ons geld het, hoe gaan dit met 'n privaat les?

“Ek het dit nie gedink nie. Dit is 'n goeie idee! Het u enige voorstelle vir 'n bevoegde persoon?

“Ek het 'n baie bekwame onderwyser hier van Arcoverde in my foon kontakte. Kyk na sy foto!

Belinha het haar suster haar selfoon gegee. Om die seun se foto te sien, was sy ekstase. Behalwe mooi, was hy slim! Dit sal 'n perfekte slagoffer wees van die paar wat by die nuttige aansluit.

“Wat wag ons? Gaan kry hom, suster! Ons moet binnekort studeer. “ Amelinha het gesê.

“Jy het dit! “ Belinha aanvaar.

Opstaan van die rusbank het sy die nommers van die foon op die nommer blad begin skakel. Sodra die oproep gemaak is, sal dit slegs 'n paar oomblikke neem om te beantwoord.

“Hel. Julle reg?

“Dit is alles groot, Renato.

“Stuur die bestellings uit.

“Ek het op die internet navigeer toe ek ontdek het dat aansoeke is beskikbaar vir tender deur die Federale Streekhof. Ek het my gedagtes dadelik as 'n gerespekteerde onderwyser genoem. Onthou jy die skool seisoen?

“Ek onthou daardie tyd goed. Goeie tye diegene wat nie terugkom nie!

“Dit is reg! Het u tyd om ons 'n privaat les te gee?

“Wat 'n gesprek, jong vrou! Vir jou het ek altyd tyd! Watter datum stel ons vas?

"Kan ons dit môre om 2:00 doen? Ons moet begin!

"Natuurlik doen ek! Met my hulp sê ek nederig dat die kanse om te slaag, ongelooflik verhoog.

"Ek is seker daarvan!

"Hoe goed! Jy kan my om 2:00 verwag.

"Baie dankie! Sien jou môre!

"Sien jou later!

Belinha het die telefoon opgehang en 'n glimlag vir sy metgesel geskets. Verdaging van die antwoord het Amelinha gevra:

"Hoe het dit gegaan?

"Hy het aanvaar. Môre om 2:00 sal hy hier wees.

"Hoe goed! Senuwees maak my dood!

Net dit maak dit maklik, suster! Dit gaan goed wees.

"AMEN!

" Sal Ons berei aandete voor? Ek is al honger!

"Wel onthou.!

Die paar het van die sitkamer na die kombuis gegaan waar in 'n aangename omgewing gepraat het, gespeel, onder andere gekook is. Hulle was voorbeeldige syfers van susters verenig deur pyn en eensaamheid. Die feit dat hulle bastardo in seks was, het hulle net meer gekwalifiseer. Soos u almal weet, het die Brasiliaanse vrou warm bloed.

Kort daarna was hulle broederlik om die tafel, dink aan die lewe en sy wisselvalligheid.

Eet hierdie heerlike hoender stroganoff, onthou ek die swartman en die brandweermanne! Oomblikke wat nooit blyk te slaag nie! " Belinha het gesê!

" Vertel my daarvan! Dié ouens is lekker! Om nie die

verpleegster en die dokter te noem nie! Ek het dit ook liefgehad! " Onthou Amelinha!

"Trump genoeg, my suster! Om 'n pragtige maste te hê, word enige man lekker! Mag die feministe my vergewe!

"Ons hoef nie so radikaal te wees nie ...!

Die twee lag en gaan voort om die kos op die tafel te eet. Vir 'n oomblik het niks anders saak gemaak nie. Hulle was alleen in die wêreld en dit het hulle as godinne van skoonheid en liefde gekwalifiseer. Omdat die belangrikste ding is om goed te voel en selfbeeld te hê.

Vertroue in hulself, hulle gaan voort in die familie ritueel. Aan die einde van hierdie stadium, toegang hulle op die internet, luister na musiek op die sitkamer stereo, kyk seep werkers en later, 'n pornografie. Hierdie haas laat hulle asemloos en moeg om hulle te laat rus in hul onderskeie kamers. Hulle het gretig gewag vir die volgende dag.

Dit sal nie lank wees voordat hulle in 'n diep slaap val nie. Afgesien van nagmerries, neem nag en aanbreek binne die normale omvang plaas. Sodra die aanbreek kom, staan hulle op en begin die normale roetine te volg: bad, ontbyt, werk, terugkeer huis toe, bad, middagete, middagslapie en skuif na die kamer waar hulle wag vir die geskeduleerde besoek.

Wanneer hulle by die deur hoor, staan Belinha op en gaan antwoord. Deur dit te doen, kom hy oor die glimlag der. Dit het hom goeie interne tevredenheid veroorsaak.

"Welkom terug, my vriend! Klaar om ons te leer?

"Ja, baie, baie gereed! Dankie weer vir hierdie geleentheid! " Het Renato gesê.

"Kom ons gaan in! " Sê Belinha.

Die seun het nie twee keer gedink en die versoek van die meisie aanvaar nie. Hy het Amelinha en op haar sein begroet, op die rusbank gesit. Sy eerste houding was om die swart gebreide bloes af te haal omdat dit te warm was. Hiermee het hy sy gedwergde borskas in die gimnasium verlaat, die sweet drup en sy donker vel. Al hierdie besonderhede was 'n natuurlike afrodisie vir die twee "goddelose".

As gevolg van niks het gebeur nie, is 'n gesprek tussen die drie van hulle begin.

"Die berei jy 'n goeie klas, professor voor? " Gevra Amelinha.

"Ja! Kom ons begin met watter artikel? " Gevra Renato.

"Ek weet nie ... " het Amelinha gesê.

"Hoe oor ons het eers pret? Nadat jy jou hemp afgehaal het, het ek nat geword! " Bely Belinha.

"Ek het ook" Amelinha gesê.

"Jy is regtig seks maniakke! Is dit nie wat ek liefhet nie? " Het die meester gesê.

Sonder om te wag vir 'n antwoord, het hy sy blou jeans afgetrek wat die spiere van sy bobeen toon, sy sonbrille wat sy blou oë toon en uiteindelik sy onderklere 'n perfeksie van lang penis, medium dikte en driehoekige kop. Dit was genoeg vir die klein hoere om op die top te val en begin om daardie manlike, joviale liggaam te geniet. Met sy hulp het hulle hul klere af geneem en die voorlopers van seks begin.

Kortom, dit was 'n wonderlike seksuele ontmoeting waar hulle baie nuwe dinge ervaar het. Dit was amper veertig minute van wilde seks in volledige harmonie. In hierdie oomblikke was die emosie so groot dat hulle nie eers die tyd en ruimte opgemerk het nie. Daarom was hulle oneindig deur God se liefde.

Toe hulle Ekstase bereik het, het hulle 'n bietjie op die rusbank gerus. Hulle het die dissiplines wat deur die kompetisie aangekla is, bestudeer. As studente was die twee behulpsaam, intelligent en gedissiplineer, wat deur die onderwyser opgemerk is. Ek is seker hulle was op pad na goedkeuring.

Drie uur later het hulle opgehou om nuwe studie vergaderings te belowe. Gelukkig in die lewe het die verdraaide susters gegaan om hul ander pligte te versorg wat reeds aan hul volgende avonture dink. Hulle was bekend in die stad as "die onversadigbare".

Kompetisie toets

Dit is 'n rukkie. Vir ongeveer twee maande het die verdraaide susters hulself aan die wedstryd toegewy volgens die beskikbare tyd. Elke dag wat verbygegaan het, was hulle meer voorbereid vir alles wat gekom het en gegaan het. Terselfdertyd was daar seksuele ontmoetings en in hierdie oomblikke is hulle bevry.

Die toets dag het uiteindelik aangekom. Verlaat vroeg in die hoofstad van die binneland, die twee susters het die BR 232 snelweg van 'n totale roete van 250 km begin loop. Op die pad het hulle verby die hoofpunte van die binneland van die staat: Pesqueira, pragtige tuin, heilige caetano, Caruaru, Gravatá, kalwers en oorwinning van Santo Antao. Elk van hierdie stede het 'n storie gehad om te vertel en van hul ervaring het hulle dit heeltemal geabsorbeer. Hoe goed was dit om die berge, die Atlantiese Bos, die plase, dorpe, klein dorpies te sien en om die skoon lug uit die woude te gaan, te gaan. Pernambuco was 'n baie wonderlike staat!

Deur die stedelike omtrek van die hoofstad te betree, vier hulle die goeie besef van die reis. Neem die hoof laan na die buurt goeie reis waar hulle die toets sal verrig. Op die pad staan hulle in die gesig gestaar, onverskillige verkeer, onverskilligheid van vreemdelinge, besoedelde lug en gebrek aan leiding. Maar hulle het dit uiteindelik gemaak. Hulle betree die onderskeie gebou, identifiseer hulself en begin die toets wat twee tydperke sal duur. Gedurende die eerste gedeelte van die toets is hulle heeltemal gefokus op die uitdaging van veelkeusevrae. Goed uitgebrei deur die bank verantwoordelik vir die geleentheid, het die mees uiteenlopende uiteensetting van die twee gevra. In hulle siening het hulle goed gevaar. Toe hulle die breek geneem het, het hulle uitgegaan vir middagete en 'n sap by 'n restaurant voor die gebou. Hierdie oomblikke was belangrik vir hulle om hul vertroue, verhouding en vriendskap te handhaaf.

Daarna het hulle teruggegaan na die toetsterrein. Toe begin die tweede periode van die geleentheid met kwessies wat met ander dissiplines handel. Selfs sonder om dieselfde tempo te hou, was hulle nog steeds baie in hul antwoorde. Hulle het so bewys dat die beste manier om wedstryde te slaag, is om baie te lewer om te studeer. 'N Rukkie later het hulle hul selfversekerde deelname geëindig. Hulle het die getuienis oorhandig, na die motor teruggekeer, na die strand in die omgewing gegaan.

Onderweg het hulle gespeel, die geluid aangeskakel,

kommentaar gelewer op die wedloop en gevorderd in die strate van Recife wat die verligte strate van die hoofstad gekyk het omdat dit amper nag was. Hulle verwonder hulle by die skouspel. Geen wonder dat die stad bekend staan as die "hoofstad van die trope" nie. Die son het die omgewing 'n selfs meer wonderlike voorkoms gegee. Hoe lekker om daar op daardie oomblik te wees!

Toe hulle die nuwe punt bereik het, het hulle die oewers van die see genader en dan in sy koue en kalm waters geloods. Die gevoel wat veroorsaak word, is ekstase van vreugde, tevredenheid, tevredenheid en vrede. Die tyd verloor, hulle swem totdat hulle moeg is. Daarna lê hulle op die strand in Sterlig sonder enige vrees of bekommernis. Magie het hulle briljant vasgehou. Een woord wat in hierdie geval gebruik moet word, was "onmeetbaar".

Op 'n stadium, met die strand byna verlate, is daar 'n benadering van twee mans van die meisies. Hulle probeer om op te staan en in die gesig van gevaar te hardloop. Maar hulle word gestop deur die sterk arms van die seuns.

“ Neem dit maklik, meisies! Ons gaan jou nie seermaak nie! Ons vra net vir 'n bietjie aandag en liefde! “ Een van hulle het gepraat.

Gekonfronteer met die sagte toon, Die meisies het met emosie gelag. As hulle seks wou hê, hoekom voldoen hulle nie? Hulle was meesters in hierdie kuns. Reageer op hul verwagtinge, het hulle opgestaan en gehelp om hulle van hul klere af te haal. Hulle het twee kondome gelewer en 'n seks dans gemaak. Dit was genoeg om die twee mans mal te bestuur.

Om op die grond te val, het hulle mekaar in pare liefgehad

en hul bewegings het die vloer geskud. Hulle het hulself al die seksuele variasies en begeertes van albei toegelaat. Op hierdie punt van aflewering het hulle nie omgee vir enigiets of enigiemand nie. Vir hulle was hulle alleen in die heelal in 'n groot ritueel van liefde sonder vooroordeel. In seks was hulle ten volle verweef om 'n krag wat nog nooit voorheen gesien is, te lewer nie. Soos instrumente was hulle deel van 'n groter krag in die voortsetting van die lewe.

Net uitputting dwing hulle om te stop. Ten volle tevrede, die mans stop en loop weg. Die meisies besluit om terug te gaan na die motor. Hulle begin hul reis terug na hul koshuis. Heeltemal goed, het hulle hul ervarings met hulle geneem en goeie nuus oor die wedstryd verwag wat hulle deelgeneem het. Hulle het beslis die beste geluk in die wêreld verdien.

Drie uur later het hulle in vrede huis toe gekom. Hulle dank God vir die seëninge wat toegeken word deur te gaan slaap. Op die ander dag het ek gewag vir meer emosies vir die twee maniakke.

Die terugkeer van die onderwyser

Dagbreek. Die son kom vroeg op met sy strale wat deur die krake van die venster gaan en die gesigte van ons dierbare kindertjies gaan streel. Daarbenewens het die fyn oggend briesie gehelp om stemming in hulle te skep. Hoe lekker was dit nie om die geleentheid van nog 'n dag met Vader se seën te hê nie. Stadig staan die twee terselfdertyd uit hul onderskeie beddens op. Nadat hulle gebad het, vind hul ontmoeting plaas in die afdak waar hulle saam ontbyt voorberei. Dit is 'n oomblik van vreugde, afwagting en afleiding om ervarings op ongelooflike fantastiese tye te deel.

Nadat ontbyt gereed is, kom hulle gemaklik om die tafel sit op houtstoele met 'n rugleuning vir die kolom. Terwyl hulle eet, ruil hulle intieme ervarings uit.

Belinha

My suster, wat was dit?

Amelinha

Pure emosie! Ek onthou nog elke detail van die liggame van daardie liewe kretins!

Belinha

Ek ook! Ek het 'n geweldige plesier gevoel. Dit was amper ekstrasensoriese.

Amelinha

Ek weet! Laat ons hierdie mal dinge meer gereeld doen!

Belinha

Ek stem saam!

Amelinha

Het jy van die toets gehou?

Belinha

Ek was mal daaroor. Ek sterf om my optrede na te gaan!

Amelinha

Ek ook!

Sodra hulle klaar gevoed het, het die meisies hul selfone opgetel deur toegang tot die mobiele internet te kry. Hulle het na die organisasie se bladsy gegaan om die terugvoer van die bewys na te gaan. Hulle het dit op papier neergeskryf en kamer toe gegaan om die antwoorde na te gaan.

Binne het hulle van vreugde gespring toe hulle die goeie

noot sien. Hulle het geslaag! Die emosie wat gevoel word, kan nie nou in bedwang gebring word nie. Nadat hy baie gevier het, het hy die beste idee: nooi meester Renato sodat hulle die sukses van die missie kan vier. Belinha is weer in beheer van die sending. Sy tel haar foon op en bel.

Belinha

Hallo?

Renato

Hallo, is alles OK?? Hoe gaan dit met jou, lieflike Belle?

Belinha

Baie goed! Raai wat pas gebeur het.

Renato

Moenie vir my jou sê nie....

Belinha

Ja! Ons het die kompetisie geslaag!

Renato

My gelukwense! Het ek jou nie gesê nie?

Belinha

Ek wil u baie bedank vir u samewerking in alle opsigte. Jy verstaan my, nie waar nie?

Renato

Ek verstaan wel. Ons moet iets opstel. Verkieslik by jou huis.

Belinha

Dit is presies hoekom ek gebel het. Kan ons dit vandag doen?

Renato

Ja! Ek kan dit vanaand doen.

Belinha

Wonder. Ons verwag jou dan om agtuur in die nag.

Renato

is alles OK. Kan ek my broer bring?

Belinha

Natuurlik!

Renato

Sien jou later!

Belinha

Sien jou later!

Die verbinding eindig. Belinha kyk na haar suster en laat 'n lag van geluk uit. Nuuskierig vra die ander:

Amelinha

So wat? hy kom?

Belinha

Dit is goed so! Om agtuur vanaand sal ons herenig word. Hy en sy broer kom! Het jy al aan orgie gedink?

Amelinha

Vertel my daarvan! Ek klop al van emosie!

Belinha

Laat daar hart wees! Ek hoop dit werk uit!

Amelinha

"Dit is alles uitgewerk!

Die twee lag gelyktydig en vul die omgewing met positiewe vibrasies. Op daardie oomblik het ek geen twyfel gehad dat die noodlot saamgesweer het vir 'n aand van pret vir daardie maniak duo nie. Hulle het reeds soveel fases saam bereik dat hulle nie nou sou verswak nie. Hulle moet dus voortgaan om mans as 'n seksuele toneelstuk te verafgod en hulle dan weg te gooi. Dit was die minste wat ras kon doen om vir hul lyding te betaal. Trouens, geen vrou verdien om te ly nie. Of liewer, elke vrou verdien geen pyn nie.

Tyd om aan die werk te kom. Die twee susters verlaat die kamer reeds gereed en gaan na die motorhuis waar hulle in hul privaat motor vertrek. Amelinha neem Belinha eers skool toe en vertrek dan na die plaas kantoor. Daar straal sy vreugde uit en vertel die professionele nuus. Vir die goedkeuring van die kompetisie ontvang hy almal se gelukwense. Dieselfde gebeur met Belinha.

Later keer hulle terug huis toe en ontmoet weer. Dan begin die voorbereiding om u kollegas te ontvang. Die dag het beloof om nog meer spesiaal te wees.

Presies op die geskeduleerde tyd hoor hulle aan die deur klop. Belinha, die slimste van hulle, staan op en antwoord. Met ferm en veilige treë sit hy homself in die deur en maak dit stadig oop. Na voltooiing van hierdie operasie visualiseer hy die paar broers. Met 'n sein van die gasheer kom hulle binne en gaan sit op die bank in die sitkamer.

Renato

Dit is my broer. Sy naam is Ricardo.

Belinha

Lekker om jou te ontmoet, Ricardo.

Amelinha

Jy is welkom hier!

Ricardo

Ek bedank julle albei. Die plesier is alles myne!

Renato

Ek is gereed! Kan ons net kamer toe gaan?

Belinha

Komaan!

Amelinha

Wie kry nou wie?

Renato

Ek kies self Belinha.

Belinha

Dankie, Renato, dankie! Ons is saam!

Ricardo

Ek sal graag by Amelinha bly!

Amelinha

Jy gaan bewe!

Ricardo

Ons sal sien!

Belinha

Laat die partytjie dan begin!

Die mans het die vroue saggies op die arm geplaas en hulle na die beddens in die slaapkamer van een van hulle gedra. By die plek aangekom, trek hulle hul klere uit en val in die pragtige meubels wat die ritueel van liefde in verskeie posisies begin, streling en medepligtigheid uitruil. Die opgewondenheid en plesier was so groot dat die kreune oor die straat gehoor kon word wat die bure skandalig maak. Ek bedoel, nie soseer nie, want hulle het reeds van hul roem geweet.

Met die gevolgtrekking van bo af keer die liefhebbers terug na die kombuis waar hulle sap met koekies drink. Terwyl hulle eet, gesels hulle twee uur lank, wat die groep se interaksie verhoog. Hoe goed dit was om daar te wees om te leer oor die lewe en hoe om gelukkig te wees. Tevredenheid is om goed te wees met jouself en met die wêreld wat sy ervarings en waardes bevestig voordat ander die sekerheid dra dat hulle nie deur ander beoordeel kan word nie. Daarom was die maksimum wat hulle geglo het: "Elkeen is sy eie persoon".

Teen die aand neem hulle uiteindelik afskeid. Die besoekers vertrek en verlaat die "Liewe Pireneë" nog meer eufories as hulle aan nuwe situasies dink. Die wêreld het net aanhou draai na die twee vertrouelinge. Mag hulle gelukkig wees!

Die maniese nar

Sondag het gekom en saam met hom baie nuus in die dorp. Onder hulle is die aankoms van 'n sirkus met die naam ' Superster ', bekend oor die hele Brasilië. Dit is al waaroor ons in die omgewing gepraat het. Die twee susters was nuuskierig en het geprogrammeer om die opening van die vertoning wat vir hierdie aand geskeduleer was, by te woon.

Naby die skedule was hulle twee reeds gereed om uit te gaan na 'n spesiale ete vir hul ongetroude persoons viering. Geklee vir die gala, het albei gelyktydig geparadeer, waar hulle die huis verlaat en die motorhuis binnegegaan het. As hulle die motor binnekom, begin hulle met een van hulle wat afkom en die motorhuis toemaak. Met die terugkeer daarvan kan die reis sonder enige verdere probleme hervat word.

Verlaat distrik Heilig Christopher, gaan na distrik Goeie uitsig aan die ander kant van die stad, die hoofstad van die binneland met ongeveer tagtig duisend inwoners. Terwyl hulle langs die stil paaie loop, is hulle verbaas oor die argitektuur, die Kers versiering, die geeste van die mense, die kerke, die berge waarvan hulle blykbaar gepraat het, die geurige woordspelings wat in medepligtigheid uitgeruil is, die geluid van harde rots, die Franse parfuum, die gesprekke oor politiek, besigheid, samelewing, partytjies, noordoostelike kultuur en geheime. In elk geval, hulle was heeltemal ontspanne, angstig, senuweeagtig sowel as gekonsentreerd.

Op pad val daar onmiddellik 'n goeie reën. Teen verwagtinge maak meisies die voertuig vensters oop en maak klein druppels water hul gesigte smeer. Hierdie gebaar toon hul eenvoud en egtheid, ware self-astrale kampioene. Dit is die beste opsie vir mense. Wat is die punt om mislukkings, die rusteloosheid en pyn van die verlede te verwyder? Hulle wou hulle nêrens heen neem nie. Daarom was hulle gelukkig deur hul keuses. Alhoewel die wêreld hulle geoordeel het, het hulle nie omgegee nie, want hulle het hul lot besit. Baie geluk met jou verjaarsdag!

Sowat tien minute uit is hulle reeds in die parkeerterrein wat aan die sirkus geheg is. Hulle maak die motor toe, loop 'n paar meter na die binneste binnehof van die omgewing. Om vroeg te kom, sit hulle op die eerste bleikers. Terwyl jy vir die vertoning wag, koop hulle springmielies, bier, laat val die snert en stille woordspelings. Daar was niks beter as om in die sirkus te wees nie!

Veertig minute later word die vertoning begin. Onder die besienswaardighede is grappige narre, akrobate, trapesekunstenaars, kontorsioniste, doods bol, towenaars, jongleurs en 'n musikale vertoning. Vir drie uur leef hulle magiese oomblikke, snaaks, afgelei, speel, verlief raak, uiteindelik, leef. Met die opbreek van die vertoning sorg hulle dat hulle na die kleedkamer gaan en een van die narre groet. Hy het die toertjie bereik om hulle op te beur asof dit nooit gebeur het nie.

Op die verhoog moet jy 'n lyn kry. Toevallig is hulle die laastes wat in die kleedkamer ingaan. Daar vind hulle 'n ontsielde nar, weg van die verhoog af.

"Ons het hierheen gekom om julle geluk te wens met julle puik vertoning. Daar is 'n God se gawe daarin! Hy kyk na Belinha.

"Jou woorde en jou gebare het my gees geskud. Ek weet nie, maar ek het 'n hartseer in jou oë opgemerk. Is ek reg?

"Dankie albei vir die woorde. Wat is jou name? Antwoord die nar.

"My naam is Amelinha!

"My naam is Belinha.

"Lekker om jou te ontmoet. Jy kan my Gilberto noem! Ek is deur genoeg pyn in hierdie lewe. Een daarvan was die onlangse skeiding van my vrou. U moet verstaan dat dit nie maklik is om na 20 jaar van u vrou te skei nie, of hoe? Ongeag, ek is bly om my kuns te vervul.

"Arme ou! Ek is jammer! (Amelinha).

"Wat kan ons doen om hom op te beur? (Belinha).

"Ek weet nie hoe nie. Na my vrou se breuk mis ek haar so baie. (Gilberto).

"Ons kan dit regmaak, kan ons nie, suster? (Belinha).

"Seker. Jy is 'n mooi man. (Amelinha)

"Dankie, meisies. Jy is wonderlik. Roep Gilberto uit.

Sonder om langer te wag, het die wit, lang, sterk, donkeroog manlik uitgetrek en die dames het sy voorbeeld gevolg. Kaal het die trio net daar op die vloer in die voorspel gegaan.

Meer as 'n uitruil van emosies en vloek, het seks hulle geamuseer en opgewek. In daardie kort oomblikke het hulle dele van 'n groter krag, die liefde van God, gevoel. Deur liefde het hulle die groter ekstase bereik wat 'n mens kon bereik.

As hulle die daad voltooi, trek hulle aan en neem afskeid. Daardie nog 'n stap en die gevolgtrekking wat gekom het, was dat die mens 'n wilde wolf was. 'n Maniese nar wat jy nooit sal vergeet nie. Hulle verlaat nie meer die sirkus na die parkeerterrein nie. Hulle klim in die motor en begin terug. Die volgende paar dae is nog verrassings belowe.

Die tweede dagbreek het mooier as ooit gekom. Vroegoggend voel ons vriende graag die hitte van die son en die briesie wat in hul gesigte dwaal. Hierdie kontraste het in die fisiese aspek van dieselfde 'n goeie gevoel van vryheid, tevredenheid, tevredenheid en vreugde veroorsaak. Hulle was gereed om 'n nuwe dag aan te durf.

Hulle konsentreer egter hul kragte wat uitloop op hul opheffing. Die volgende stap is om na die suite te gaan en dit met uiterste rondlopery te doen asof hulle van die staat Bahia is. Natuurlik nie om ons liewe bure seer te maak nie. Die land van alle heiliges is 'n skouspelagtige plek vol kultuur, geskiedenis en sekulêre tradisies. Lank lewe Bahia.

In die badkamer trek hulle hul klere uit deur die vreemde gevoel dat hulle nie alleen was nie. Wie word ooit gehoor van die legende van die blonde badkamer? Na 'n gruwelfilm marathon was dit normaal om daarmee in die moeilikheid te kom. In die daaropvolgende oomblik knik hulle hul koppe en probeer stiller wees. Skielik kom dit by elkeen van hulle, hul politieke trajek, hul burger kant, hul professionele, godsdienstige kant en hul seksuele aspek. Hulle voel goed daaroor om onvolmaakte toestelle te wees. Hulle was seker dat eienskappe en gebreke by hul persoonlikheid gevoeg het.

Verder sluit hulle hulself in die badkamer toe. Deur die stort oop te maak, laat hulle die warm water deur die sweterige liggame vloei as gevolg van die hitte van die vorige aand. Vloeistof dien as katalisator wat al die hartseer dinge absorbeer. Dit is presies wat hulle nou nodig gehad het: om die pyn, die trauma, die teleurstellings, die rusteloosheid wat nuwe verwagtinge probeer vind, te vergeet. Die huidige jaar was deurslaggewend daarin. 'n Fantastiese wending in elke aspek van die lewe.

Die skoonmaakproses word begin met die gebruik van Plant sponse, seep, sjampoe, bykomend tot water. Tans voel hulle een van die beste plesiere wat jou dwing om die kaartjie op die rif en die avonture op die strand te onthou. Intuïtief vra hul wilde gees vir meer avonture in wat hulle bly om so gou as moontlik te ontleed. Die situasie wat bevoordeel is deur die vrye tyd wat by die werk van albei bereik is as 'n prys van toewyding aan die staatsdiens.

Vir ongeveer 20 minute sit hulle 'n bietjie hul doelwitte opsy om 'n reflektiewe oomblik in hul onderskeie intimiteit te leef. Aan die einde van hierdie aktiwiteit kom hulle uit die toilet, vee die nat lyf met die handdoek af, dra skoon klere en skoene, dra Switserse parfuum, ingevoerde grimering uit Duitsland met werklik mooi sonbrille en diadeem. Heeltemal gereed, beweeg hulle na die beker met hul beursies op die strook en groet hulself gelukkig met die hereniging danksy die goeie Here.

In samewerking berei hulle 'n ontbyt van afguns voor: koeskoes in hoender sous, groente, vrugte, koffie room en krakers. In gelyke dele word voedsel verdeel. Hulle wissel oomblikke van stilte af met kort woordewisseling omdat hulle beleefd was. Klaar ontbyt, daar is geen ontsnapping verder as wat hulle bedoel het nie.

"Wat stel jy voor, Belinha? Ek is verveeld!

"Ek het 'n slim idee. Onthou jy daardie persoon wat ons by die literêre fees ontmoet het?

"Ek onthou. Hy was 'n skrywer, en sy naam was Goddelik.

"Ek het sy nommer. Hoe gaan dit met ons? Ek wil graag weet waar hy woon.

"Ek ook. Goeie idee. Doen dit. Ek sal mal wees daaroor.

"Goed so!

Belinha maak haar beursie oop, vat haar foon en begin skakel. Oor 'n paar oomblikke beantwoord iemand die lyn, en die gesprek begin.

"Hallo.

"Hallo, Goddelik. Alles reg?

"Goed, Belinha. Hoe gaan dit?

"Dit gaan goed met ons. Kyk, is daardie uitnodiging nog aan? Ek en my suster wil graag vanaand 'n spesiale vertoning hê.

"Natuurlik doen ek dit. Jy sal nie spyt wees nie. Hier het ons saag, oorvloedige natuur, vars lug buite groot geselskap. Ek is ook vandag beskikbaar.

"Hoe wonderlik. Wel, wag vir ons by die ingang van die dorp. In die meeste 30 minute is ons daar.

"Dit is reg So. Sien jou later!

"Sien jou later!

Die oproep eindig. Met 'n glimlag gestempel, keer Belinha terug om met haar suster te kommunikeer.

"Hy het ja gesê. Sal ons?

"Kom nou. Waarvoor wag ons?

Albei paradeer van die koppie na die uitgang van die huis en sluit die deur agter hulle met 'n sleutel. Dan beweeg hulle na die motorhuis. Hulle bestuur die amptelike gesinsmotor en laat hul probleme agter en wag vir nuwe verrassings en emosies op die belangrikste land ter wêreld. Deur die stad, met 'n harde geluid aan, het hulle min hoop vir hulself gehou. Dit was alles werd op daardie oomblik totdat ek gedink het aan die kans om vir ewig gelukkig te wees.

Met 'n kort tydjie neem hulle die regterkant van snelweg BR 232. Dit begin dus die verloop van die kursus na prestasie en geluk. Met matige spoed kan hulle die berglandskap aan die oewer van die baan geniet. Alhoewel dit 'n bekende omgewing was, was elke gedeelte daar meer as 'n nuwigheid. Dit was 'n herontdekte self.

Gaan deur plekke, plase, dorpe, blou wolke, as en rose, droë lug en warm temperatuur gaan. In die geprogrammeerde tyd kom hulle na die mees eenvoudig van die ingang van die Brasiliaanse binneland. Mimoso van die kolonels, die psigiese, die Onbevlekte Ontvangenis en mense met 'n hoë intellektuele vermoë.

Toe hulle by die ingang van die distrik stop, verwag hulle jou dierbare vriend met dieselfde glimlag as altyd. 'N Goeie teken vir diegene wat op soek was na avonture. As hulle uit die motor klim, gaan ontmoet hulle die edele kollega wat hulle ontvang met 'n drukkie wat drievoudig word. Dit lyk nie of hierdie oomblik eindig nie. Hulle word reeds herhaal, hulle begin eerste indrukke verander.

"Hoe gaan dit met jou, Goddelik? Vra Belinha.

"Goed, hoe gaan dit met jou? Korrespondeer die psigiese.

"Wonderlik! (Belinha).

"Beter as ooit, aangevul Amelinha.

"Ek het 'n goeie idee. Wat van ons gaan die Ororubá-berg op? Dit was presies agt jaar gelede daar waar my trajek in die letterkunde begin het.

"Wat 'n skoonheid! Dit sal 'n eer wees! (Amelinha).

"Vir my ook! Ek is lief vir die natuur. (Belinha).

"So, laat ons nou gaan. (Aldivan).

Ondertekening om te volg, het die geheimsinnige vriend van die twee susters op straat in die middestad gevorder. Regs na, om 'n privaat plek binne te gaan en ongeveer honderd meter te loop, sit hulle onder in die saag. Hulle stop vinnig, sodat hulle kan rus en hidreer. Hoe was dit om die berg te klim na al hierdie avonture? Die gevoel was vrede, versamel, twyfel en huiwering. Dit was asof dit die eerste keer was met al die uitdagings wat deur die noodlot belas is. Skielik kyk vriende met 'n glimlag na die groot skrywer.

"Hoe het dit alles begin? Wat beteken dit vir jou? (Belinha).

"In 2009 het my lewe in eentonigheid gedraai. Wat my aan die lewe gehou het, was die wil om dit wat ek in die wêreld gevoel het, te eksternaliseer. Dit is toe dat ek hoor van hierdie berg en die kragte van sy wonderlike grot. Geen uitweg nie, ek het besluit om namens my droom 'n kans te waag. Ek het my tas gepak, die berg uitgeklim, drie uitdagings uitgevoer wat ek geakkrediteer is in die grot van wanhoop, die dodelikste, gevaarlikste grot ter wêreld. Daarbinne het ek groot uitdagings oortref deur te eindig om by die kamer uit te kom. Dit was op daardie oomblik van ekstase dat die wonderwerk gebeur het, ek het die psigiese geword, 'n alwetende wese deur sy visioene. Tot dusver was daar nog twintig avonture en ek sal nie so gou ophou nie. Danksy lesers bereik ek geleidelik my doel om die wêreld te verower.

"Opwindend. Ek is 'n aanhanger van joune. (Amelinha).

"Aangrypend. Ek weet hoe jy moet voel oor die uitvoering van hierdie taak weer. (Belinha).

"Uitstekend. Ek voel 'n mengsel van goeie dinge, insluitend sukses, geloof, klou en optimisme. Dit gee my goeie energie, sê die psigiese.

"Goed. Watter raad gee jy vir ons?

"Kom ons hou ons fokus. Is julle gereed om beter vir julleself uit te vind? (die meester).

"Ja. Hulle het tot albei ingestem.

"Volg my dan.

Die trio het die onderneming hervat. Die son word warm, die wind waai 'n bietjie sterker, die voëls vlieg weg en sing, die klippe en die dorings lyk asof dit beweeg, die grond skud en die berg stemme begin optree. Dit is die omgewing wat op die klim van die saag voorkom.

Met baie ervaring help die man in die grot die hele tyd vroue. Hy het so opgetree en praktiese deugde ingesit wat belangrik is as solidariteit en samewerking. In ruil daarvoor het hulle hom 'n menslike hitte en ongelyke toewyding geleen.

Ons sou kon sê dit was daardie onoorkomelike, onstuitbare, bekwame trio.

Bietjie vir bietjie gaan hulle stap vir stap die stappe van geluk op. Ten spyte van die aansienlike prestasie, bly hulle onvermoeid in hul soeke. In 'n vervolg vertraag hulle die tempo van die stap 'n bietjie, maar hou dit bestendig. Soos die spreekwoord sê, gaan stadig ver weg. Hierdie sekerheid vergesel hulle die hele tyd en skep 'n geestelike spektrum van pasiënte, versigtigheid, verdraagsaamheid en oorkom. Met hierdie elemente het hulle geloof gehad om enige teëspoed te oorkom.

Die volgende punt, die heilige klip, sluit 'n derde van die kursus af. Daar is 'n kort pouse, en hulle geniet dit om te bid, te bedank, na te dink en die volgende stappe te beplan. In die regte mate wou hulle hul hoop, hul vrese, hul pyn, marteling en hartseer bevredig. Omdat hulle geloof het, vul 'n onuitwisbare vrede hulle harte.

Met die herlaai van die reis, die onsekerheid, die twyfel en die krag van die onverwagte keer terug om op te tree. Alhoewel dit hulle bang kan maak, het hulle die veiligheid gedra om in die teenwoordigheid van God en die spruitjie van die binneland te wees. Niks of enigiemand kon hulle skade berokken bloot omdat God dit nie sou toelaat nie. Hulle het hierdie beskerming besef op elke moeilike oomblik van die lewe waar ander hulle eenvoudig verlaat het. God is effektief ons enigste lojale vriend.

Verder is hulle die helfte van die pad. Die klim bly met meer toewyding en deuntjie uitgevoer. Anders as wat gewoonlik met gewone klimmers gebeur, help ritme motivering, wil en aflewering. Alhoewel hulle nie atlete was nie, was dit merkwaardig van hul prestasie omdat hulle gesond en toegewyd jonk was.

Nadat driekwart van die roete voltooi is, kom die verwagting op ondraaglike vlakke. Hoe lank sal hulle moet wag? Op hierdie oomblik van druk was die beste ding om te doen om die momentum van nuuskierigheid te probeer beheer. Alle versigtigheid was nou te wyte aan die optrede van die opponerende magte.

Met 'n bietjie meer tyd maak hulle uiteindelik die roete klaar. Die son skyn helderder, die lig van God verlig hulle en kom uit 'n spoor, die voog en sy seun Renato. Alles is heeltemal wedergebore in die hart van daardie lieflike kleintjies. Hulle het daardie genade verdien omdat hulle so hard gewerk het. Die volgende stap van die sielkundige is om 'n stywe drukkie met sy weldoeners te kry. Sy kollegas volg hom en maak die vyftal drukkie.

" Goed om jou te sien, seun van God! Ek het jou lanklaas gesien! My moederinstink het my gewaarsku oor u benadering, sê die voorvaderlike dame.

"Ek is bly! Dit is asof ek my eerste avontuur onthou. Daar was soveel emosies. Die berg, die uitdagings, die grot en die tyd reise het my storie gekenmerk. Om hierheen terug te kom, bring vir my goeie herinneringe. Nou bring ek twee vriendelike krygers saam. Hulle het hierdie ontmoeting met die heilige nodig gehad.

"Wat is jou name, dames? Vra die voog van Berg.

"My naam is Belinha, en ek is 'n ouditeur.

"My naam is Amelinha, en ek is 'n onderwyser. Ons woon in Arcoverde.

"Welkom, dames. (Voog van Berg.).

"Ons is dankbaar! Saam met die twee besoekers gesê met trane wat deur hul oë loop.

"Ek hou ook van nuwe vriendskappe. Om weer langs my meester te wees, gee my 'n besondere plesier van diegene wat onuitspreeklik is. Die enigste mense wat weet hoe om dit te verstaan, is ons twee. Is dit nie reg nie, maat? (Renato).

"Jy verander nooit, Renato! Jou woorde is van onskatbare waarde. Met al my waansin was dit een van die goeie dinge van my lot om hom te vind.

My vriend en my broer het die sielkundige geantwoord sonder om die woorde te bereken. Hulle het natuurlik uitgekom vir die ware gevoel wat vir hom gevoed het.

"Ons stem in dieselfde mate ooreen. Daarom is ons storie 'n sukses, sê die jong man.

"Hoe lekker om in hierdie storie te wees. Ek het geen idee gehad hoe spesiaal die berg in sy trajek was nie, liewe skrywer, het Amelinha gesê.

"Hy is regtig bewonderenswaardig, suster. Buitendien, jou vriende is regtig gaaf. Ons leef die ware fiksie en dit is die wonderlikste ding wat daar is. (Belinha).

"Ons waardeer die kompliment. U moet egter moeg wees vir die moeite wat u doen om te klim. Wat van ons gaan huis toe? Ons het altyd iets om te bied. (Mevrou).

"Ons het van die geleentheid gebruik gemaak om ons gesprekke in te haal. Ek mis Renato so baie.

"Ek dink dit is wonderlik. Wat die dames betref, wat sê jy?

"Ek sal mal wees daaroor. (Belinha).

"Ons sal!

"Laat ons dan gaan! Het die meester voltooi.

Die kwintet begin loop in die volgorde wat deur daardie fantastiese figuur gegee word. Onmiddellik 'n koue slag deur die vermoeide geraamtes van die klas. Wie was daardie vrou en watter magte het sy gehad? Ten spyte van soveel oomblikke saam, het die raaisel gesluit gebly as 'n deur na sewe sleutels. Hulle sou nooit weet nie, want dit was deel van die berg geheim. Terselfdertyd het hulle harte in die mis gebly. Hulle was uitgeput om liefde te skenk en nie weer te ontvang, te vergewe en teleur te stel nie. In elk geval, óf hulle het gewoond geraak aan die realiteit van die lewe óf hulle sou baie ly. Hulle het dus raad nodig gehad.

Stap vir stap gaan hulle oor die struikelblokke kom. Onmiddellik hoor hulle 'n ontstellende gil. Met een kyk kalmeer die baas hulle. Dit was die gevoel van die hiërargie, terwyl die sterkste en mees ervare beskermde, die dienaars met toewyding, aanbidding en vriendskap teruggekeer het. Dit was 'n tweerigting straat.

Ongelukkig sal hulle die pad met groot en sagmoedigheid bestuur. Watter idee het deur Belinha se kop gegaan? Hulle was in die middel van die bos wat deur nare diere geteister is wat hulle kon seermaak. Behalwe dit, was daar dorings en puntige klippe aan hul voete. Aangesien elke situasie sy standpunt het, was daar die enigste kans om jouself en jou begeertes te verstaan, iets tekort in die lewens van besoekers. Gou was dit die avontuur werd.

Volgende halfpad soontoe sal hulle tot stilstand kom. Net

daar naby was daar 'n boord. Hulle is op pad hemel toe. In sinspeling op die Bybelverhaal het hulle heeltemal vry en geïntegreer gevoel met die natuur. Soos kinders speel hulle bome klim, hulle neem die vrugte, hulle kom af en eet dit. Dan mediteer hulle. Hulle het geleer sodra die lewe deur oomblikke gemaak word. Of hulle hartseer of gelukkig is, dit is goed om hulle te geniet terwyl ons leef.

In die daaropvolgende oomblik neem hulle 'n verfrissende bad in die meer aangeheg. Hierdie feit veroorsaak goeie herinneringe aan een keer, van die merkwaardigste ervarings in hul lewens. Hoe lekker was dit nie om 'n kind te wees nie! Hoe moeilik dit was om groot te word en die volwasse lewe in die gesig te staar. Leef saam met die valse, die leuen en die valse moraliteit van mense.

As hulle verder gaan, nader hulle die lot. Regs onder op die roete kan jy reeds die eenvoudige hotel sien. Dit was die heiligdom van die wonderlikste, geheimsinnigste mense op die berg. Hulle was wonderlik, wat bewys dat 'n persoon se waarde nie is in wat dit besit nie. Die adel van die siel is in karakter, in liefdadigheid en beradings houdings. Die spreekwoord lui dus: 'n vriend op die plein is beter as geld wat in 'n bank gedeponeer word.

'N Paar treë vorentoe stop hulle voor die ingang van die kajuit. Sal hulle antwoorde op jou innerlike navrae kry? Net tyd kon hierdie en ander vrae beantwoord. Die belangrikste hiervan was dat hulle daar was vir alles wat kom en gaan.

Met die gasvrou se rol maak die voog die deur oop en gee almal toegang tot die binnekant van die huis. Hulle betree die leë hokkie en neem alles wyd waar. Hulle is beïndruk met die lekkerny van die plek wat voorgestel word deur die versiering, die voorwerpe, die meubels en die klimaat van misterie. Teenstrydig was daar meer rykdom en kulturele diversiteit as in baie paleise. Ons kan dus gelukkig en volledig voel, selfs in nederige omgewings.

Een vir een vestig u op die beskikbare plekke, behalwe dat Renato kombuis toe gaan om middagete voor te berei. Die aanvanklike klimaat van skaamheid is gebreek.

"Ek wil julle graag beter leer ken, meisies.

"Ons is twee meisies van Arcoverde City. Ons is professioneel gelukkig, maar verloorders in liefde. Vandat ek deur my ou maat verraai is, was ek gefrustreerd, bieg Belinha.

"Dis toe dat ons besluit het om weer by mans uit te kom. Ons het 'n ooreenkoms aangegaan om hulle te lok en as voorwerp te gebruik. Ons sal nooit weer ly nie, het Amelinha gesê.

"Ek gee hulle al my ondersteuning. Ek het hulle in die skare ontmoet en nou het hul geleentheid hier kom kuier. (Seun van God)

"Interessant. Dit is 'n natuurlike reaksie op die lyding van teleurstellings. Dit is egter nie die beste manier om gevolg te word nie. Om 'n hele spesie volgens 'n persoon se houding te beoordeel, is 'n duidelike fout. Elkeen het sy individualiteit. Hierdie heilige en skaamtelose gesig van jou kan meer konflik en plesier genereer. Dit is aan u om die regte punt van hierdie verhaal te vind. Wat ek kan doen, is om te ondersteun soos u vriend gedoen het en 'n bykomstigheid te word vir hierdie verhaal wat die heilige gees van die berg ontleed het.

"Ek sal dit toelaat. Ek wil myself in hierdie heiligdom bevind. (Amelinha).

"Ek aanvaar ook jou vriendskap. Wie het geweet ek sou op 'n fantastiese sepie wees? Die mite van die grot en berg lyk nou So. Kan ek 'n wens maak? (Belinha).

"Natuurlik, skat.

"Die berg entiteite kan die versoeke van die nederige dromers hoor soos dit met my gebeur het. Hê geloof! (die seun van God).

"Ek is so ongelowig. Maar as jy so sê, sal ek probeer. Ek vra vir 'n suksesvolle afsluiting vir ons almal. Laat elkeen van julle waar word op die hoof velde van die lewe.

"Ek gun dit! Donder 'n diep stem in die middel van die vertrek.

Albei hoere het 'n sprong op die grond gemaak. Intussen het die ander gelag en gehuil oor die reaksie van albei. Daardie feit was meer 'n noodlot aksie. Wat 'n verrassing. Daar was niemand wat kon voorspel het wat bo-op die berg gebeur nie . Sedert 'n beroemde Indiër op die toneel gesterf het, het die sensasie van die werklikheid ruimte gelaat vir die bonatuurlike, die raaisel en die ongewone.

"Wat de hel was daai donderweer? Ek bewe tot dusver, bieg Amelinha.

"Ek het gehoor wat die stem sê. Sy het my wens bevestig. Droom ek? Vra Belinha.

"Wonderwerke gebeur! Mettertyd sal u presies weet wat dit beteken om dit te sê, het die meester gesê.

"Ek glo in die berg, en jy moet ook daarin glo. Deur haar wonderwerk bly ek hier oortuig en veilig van my besluite. As ons een keer misluk, kan ons oor begin. Daar is altyd hoop vir diegene wat lewe" verseker die sjamaan van die psigiese wat 'n sein op die dak toon.

"'n Lig. Wat beteken dit? (Belinha).

"Dit is so mooi en helder. (Amelinha).

"Dit is die lig van ons ewige vriendskap. Alhoewel sy fisies verdwyn, sal sy ongeskonde in ons harte bly. (Voog

"Ons is almal lig, maar op uitnemende maniere. Ons lot is geluk. (Die psigiese).

Dit is waar Renato inkom en 'n voorstel maak.

"Dit is tyd dat ons uitgaan en 'n paar vriende kry. Tyd vir pret het aangebreek.

"Ek sien uit daarna. (Belinha)

"Waarvoor wag ons? Dit is tyd. (GILLE)

Die kwartet gaan uit in die bos. Die tempo van stappe is vinnig wat 'n innerlike angs van die karakters openbaar. Mimoso se landelike omgewing het bygedra tot 'n skouspel van die natuur. Watter uitdagings sal jy in die gesig staar? Sou die kwaai diere gevaarlik wees? Die berg mites kon enige tyd aanval wat redelik gevaarlik was. Maar moed was 'n eienskap wat almal daar gedra het. Niks sal hul geluk stop nie.

Die tyd het aangebreek. In die bate span was daar 'n swart man, Renato, en 'n blondekop persoon. In die passiewe span was Divine, Belinha en Amelinha. Met die span wat gevorm is, begin die pret tussen die grysgroen uit die plattelandse bos.

Die swart man gaan uit Goddelik. Renato dateer uit Amelinha en die blonde man gaan uit met Belinha. Groepseks begin by die uitruil van energie tussen die ses. Hulle was almal vir almal vir een. Die dors na seks en plesier was algemeen vir almal. As hy van posisie verander, ervaar elkeen unieke sensasies. Hulle probeer anale seks, vaginale seks, orale seks, groepseks onder ander seks modaliteite. Dit bewys dat liefde nie sonde is nie. Dit is 'n handel van fundamentele energie vir menslike evolusie. Sonder skuldgevoelens ruil hulle vinnig vennoot uit, wat verskeie orgasmes bied. Dit is 'n mengsel van ekstase wat die groep betrek. Hulle spandeer ure om seks te hê totdat hulle moeg is.

Nadat alles voltooi is, keer hulle terug na hul aanvanklike posisies. Daar was nog baie om op die berg te ontdek.

Toer in die stad Pesqueira

Maandagoggend mooier as ooit. Vroegoggend kry ons vriende die plesier om die hitte van die son en die briesie in hul gesigte te voel dwaal. Hierdie kontraste het in die fisiese aspek van dieselfde 'n goeie gevoel van vryheid, tevredenheid, tevredenheid en vreugde veroorsaak. Hulle was gereed om 'n nuwe dag aan te durf.

By die tweede gedagte konsentreer hulle hul kragte wat uitloop op hul opheffing. Die volgende stap is om na die suites te gaan en dit met uiterste rondlopery te doen asof hulle uit die staat Bahia kom. Natuurlik nie om ons liewe bure seer te maak nie. Die land van alle heiliges is 'n skouspelagtige plek vol kultuur, geskiedenis en sekulêre tradisies. Lank lewe Bahia!

In die badkamer trek hulle hul klere uit deur die vreemde gevoel dat hulle nie alleen was nie. Wie word ooit gehoor van die legende van die blonde badkamer? Na 'n gruwelfilm marathon was dit normaal om daarmee in die moeilikheid te kom. In die daaropvolgende oomblik knik hulle hul koppe en probeer stiller wees. Skielik kom dit by elkeen van hulle hul politieke trajek, hul burger kant, hul professionele, godsdienstige kant en hul seksuele aspek na vore. Hulle voel goed daaroor om onvolmaakte toestelle te wees. Hulle was seker dat eienskappe en gebreke by hul persoonlikheid gevoeg het.

Hulle sluit hulself in die badkamer toe. Deur die stort oop te maak, laat hulle die warm water deur die sweterige liggame vloei as gevolg van die hitte van die vorige aand. Vloeistof dien as katalisator wat al die hartseer dinge absorbeer. Dit is presies wat hulle nou nodig gehad het: vergeet die pyn, die trauma, die teleurstellings, die rusteloosheid om nuwe verwagtinge te probeer vind. Die huidige jaar was deurslaggewend daarin. 'n Fantastiese wending in elke aspek van die lewe.

Die skoonmaakproses word begin met die gebruik van liggaamsvet, seep, sjampoe buite water. Tans voel hulle een van die beste plesiere wat hulle dwing om die pas op die rif en die avonture op die strand te onthou. Intuïtief vra hul wilde gees vir meer avonture in wat hulle bly om so gou as moontlik te ontleed. Die situasie wat bevoordeel is deur die vrye tyd wat by die werk van albei bereik is as 'n prys van toewyding aan die staatsdiens.

Vir ongeveer 20 minute sit hulle 'n bietjie hul doelwitte opsy om 'n reflektiewe oomblik in hul onderskeie intimiteit te leef. Aan die einde van hierdie aktiwiteit kom hulle uit die toilet, vee die nat lyf met die handdoek af, dra skoon klere en skoene, dra Switserse parfuum, ingevoerde grimering uit Duitsland met werklik mooi sonbrille en diadeem. Heeltemal gereed, beweeg hulle na die beker met hul beursies op die strook en groet hulself gelukkig met die hereniging danksy die goeie Here.

In samewerking berei hulle 'n ontbyt van afguns, hoender sous, groente, vrugte, koffie room en beskuitjies voor. In gelyke dele word voedsel verdeel. Hulle wissel oomblikke van stilte af met kort woordewisseling omdat hulle beleefd was. Klaar ontbyt, daar is geen ontsnapping meer as wat hulle bedoel het nie.

"Wat stel jy voor, Belinha? Ek is verveeld!

"Ek het 'n slim idee. Onthou jy daardie ou wat ons in die skare gevind het?

"Ek onthou. Hy was 'n skrywer, en sy naam was Goddelik.

"Ek het sy telefoonnommer. Hoe gaan dit met ons? Ek wil graag weet waar hy woon.

"Ek ook. Goeie idee. Doen dit. Ek sal graag wil.

"Goed so!

Belinha maak haar beursie oop, vat haar foon en begin skakel. Oor 'n paar oomblikke beantwoord iemand die lyn, en die gesprek begin.

"Hallo.

"Hallo, Goddelik, hoe gaan dit met jou?

"Goed, Belinha. Hoe gaan dit?

"Dit gaan goed met ons. Kyk, is daardie uitnodiging nog aan? Ek en my suster wil graag vanaand 'n spesiale vertoning hê.

"Natuurlik doen ek dit. Jy sal nie spyt wees nie. Hier het ons saag, oorvloedige natuur, vars lug buite groot geselskap. Ek is ook vandag beskikbaar.

"Hoe wonderlik! Wag dan vir ons by die ingang van die dorp. In die meeste 30 minute is ons daar.

"Goed so! So, tot dan!

"Sien jou later!

Die oproep eindig. Met 'n glimlag gestempel, keer Belinha terug om met haar suster te kommunikeer.

"Hy het ja gesê. Sal ons gaan?

"Kom nou! Waarvoor wag ons?

Albei paradeer van die koppie na die uitgang van die huis en sluit die deur agter hulle met 'n sleutel. Gaan dan na die motorhuis. Die bestuur van die amptelike gesinsmotor en laat hul probleme agter en wag vir nuwe verrassings en emosies op die belangrikste land ter wêreld. Deur die stad, met 'n harde geluid aan, het hulle min hoop vir hulself gehou. Dit was alles werd op daardie oomblik totdat ek gedink het aan die kans om vir ewig gelukkig te wees.

Met 'n kort tydjie neem hulle die regterkant van snelweg BR 232. Begin dus die verloop van die kursus na prestasie en geluk. Met matige spoed kan hulle die berglandskap aan die oewer van die baan geniet. Alhoewel dit 'n bekende omgewing was, was elke gedeelte daar meer as 'n nuwigheid. Dit was 'n herontdekte self.

Gaan deur plekke, plase, dorpe, blou wolke, as en rose, droë lug en warm temperatuur gaan. In die geprogrammeerde tyd kom hulle na die mees eenvoudig van die ingang van die binnekant van die staat Pernambuco. Mimoso van die kolonels, die psigiese, die Onbevlekte Ontvangenis en mense met 'n hoë intellektuele vermoë.

Toe u by die ingang van die distrik stop, verwag u dierbare

vriend met dieselfde glimlag as altyd. 'N Goeie teken vir diegene wat op soek was na avonture. Klim uit die motor, gaan ontmoet die edele kollega wat hulle ontvang met 'n drukkie wat drievoudig word. Dit lyk nie of hierdie oomblik eindig nie. Hulle word reeds herhaal, hulle begin eerste indrukke verander.

"Hoe gaan dit met jou, Goddelik? (Belinha)

"Wel, wat van jou? (Die psigiese)

"Wonderlik! (Belinha)

"Beter as ooit "(Amelinha)

"Ek het 'n goeie idee, hoe gaan dit met ons om die Ororubá-berg op te gaan? Dit was presies agt jaar gelede daar waar my trajek in die letterkunde begin het.

"Wat 'n skoonheid! Dit sal 'n eer wees! (Amelinha)

"Vir my ook! Ek is mal oor die natuur! (Belinha)

"So, laat ons nou gaan! (Aldivan)

Die geheimsinnige vriend van die twee susters het onderteken om hom te volg en het in die strate van die middestad gevorder. Regs na, om 'n privaat plek binne te gaan en ongeveer honderd meter te loop, sit hulle onder in die saag. Hulle stop vinnig om te rus en hidreer. Hoe was dit om die berg te klim na al hierdie avonture? Die gevoel was vrede, versamel, twyfel en huiwering. Dit was asof dit die eerste keer was met al die uitdagings wat deur die noodlot belas is. Skielik kyk vriende met 'n glimlag na die groot skrywer.

"Hoe het dit alles begin? Wat beteken dit vir jou? (Belinha)

"In 2009 het my lewe in eentonigheid gedraai. Wat my aan die lewe gehou het, was die wil om dit wat ek in die wêreld gevoel het, te eksternaliseer. Dit is toe dat ek hoor van hierdie berg en die kragte van sy wonderlike grot. Geen uitweg nie, ek het besluit om namens my droom 'n kans te waag. Ek het my tas gepak, teen die berg opgeklim, drie uitdagings uitgevoer wat ek in die grot van wanhoop, die dodelikste, gevaarlikste grot ter wêreld, betree het. Daarbinne het ek groot uitdagings oortref deur te eindig om by die kamer uit te kom. Dit was op daardie oomblik van ekstase dat die wonderwerk gebeur het, ek het die psigiese geword, 'n alwetende wese deur sy visioene. Tot dusver was daar nog twintig avonture en ek is nie van plan om so gou op te hou nie. Met die hulp van die lesers kry ek bietjie my doel om die wêreld te verower. (die seun van God)

"Opwindend! Ek is 'n aanhanger van joune. (Amelinha)

" Ek weet hoe u moet voel oor die uitvoering van hierdie taak. (Belinha)

"Baie goed! Ek voel 'n mengsel van goeie dinge, insluitend sukses, geloof, klou en optimisme. Dit gee my goeie energie. (Die psigiese)

"Goed! Watter raad gee jy vir ons? (Belinha)

"Kom ons hou ons fokus. Is julle gereed om beter vir julleself uit te vind? (die meester)

"Ja! Hulle het tot albei ingestem.

"Volg my dan!

Die trio het die onderneming hervat. Die son word warm, die wind waai 'n bietjie sterker, die voëls vlieg weg en sing, die klippe en die dorings lyk asof dit beweeg, die grond skud en die berg stemme begin optree. Dit is die omgewing wat op die klim van die saag voorkom.

Met baie ervaring help die man in die grot die hele tyd vroue. Hy het so opgetree en praktiese deugde ingesit wat belangrik is as solidariteit en samewerking. In ruil daarvoor het hulle hom 'n menslike hitte en ongelyke toewyding geleen. Ons sou kon sê dit was daardie onoorkomelike, onstuitbare, bekwame trio.

Bietjie vir bietjie gaan hulle stap vir stap die stappe van geluk op. Met toewyding en volharding haal hulle die hoër boom in, voltooi 'n kwart van die pad. Ten spyte van die aansienlike prestasie, bly hulle onvermoeid in hul soeke. Hulle was omdat gelukwense.

In 'n vervolg, vertraag die tempo van die stap 'n bietjie, maar hou dit bestendig. Soos die spreekwoord sê, gaan stadig ver weg. Hierdie sekerheid vergesel hulle die hele tyd en skep 'n geestelike spektrum van geduld, versigtigheid, verdraagsaamheid en oorkom. Met hierdie elemente het hulle geloof gehad om enige teëspoed te oorkom.

Volgende punt sluit die heilige klip 'n derde van die kursus af. Daar is 'n kort pouse, en hulle geniet dit om te bid, te bedank, na te dink en die volgende stappe te beplan. In die regte mate wou hulle hul hoop, hul vrese, hul pyn, marteling en hartseer bevredig. Omdat hulle geloof het, vul 'n onuitwisbare vrede hulle harte.

Met die herlaai van die reis, die onsekerheid, die twyfel en die krag van die onverwagte keer terug om op te tree. Alhoewel dit hulle kan skrik, het hulle die veiligheid gedra om in die teenwoordigheid van God Klein spruit van die binneland te wees. Niks of enigiemand kon hulle skade berokken bloot omdat God dit nie sou toelaat nie. Hulle het hierdie beskerming besef op elke moeilike oomblik van die lewe waar ander hulle eenvoudig verlaat het. God is effektief ons enigste ware en lojale vriend.

Verder is hulle die helfte van die pad. Die klim bly met meer toewyding en deuntjie uitgevoer. Anders as wat gewoonlik met gewone klimmers gebeur, help ritme motivering, wil en aflewering. Alhoewel hulle nie atlete was nie, was dit merkwaardig hul prestasie omdat hulle gesond en toegewyd jonk was.

Vanaf die derde kwartaal se kursus kom die verwagting op ondraaglike vlakke. Hoe lank sal hulle moet wag? Op hierdie oomblik van druk was die beste ding om te doen om die momentum van nuuskierigheid te probeer beheer. Alle versigtigheid was nou te wyte aan die optrede van die opponerende magte.

Met 'n bietjie meer tyd voltooi hulle uiteindelik die kursus. Die son skyn helderder, die lig van God verlig hulle en kom uit 'n spoor, die voog en sy seun Renato. Alles is heeltemal wedergebore in die hart van daardie lieflike kleintjies. Hulle het hierdie genade verdien deur die gewas plant wet. Die volgende stap van die sielkundige is om 'n stywe drukkie met sy weldoeners te kry. Sy kollegas volg hom en maak die vyftal drukkie.

"Goed om jou te sien, seun van God! Lank nie sien nie! My moederinstink het my gewaarsku teen u benadering, die voorvaderlike dame.

Ek is bly! Dit is asof ek my eerste avontuur onthou. Daar was soveel emosies. Die berg, die uitdagings, die grot en die tyd reise het my storie gekenmerk. Om hierheen terug te kom, bring vir my goeie herinneringe. Nou bring ek twee vriendelike krygers saam. Hulle het hierdie ontmoeting met die heilige nodig gehad.

"Wat is jou name, dames? (die Bewaarder)

"My naam is Belinha en ek is 'n ouditeur.

"My naam is Amelinha en ek is 'n onderwyser. Ons woon in Arcoverde.

"Welkom, dames. (Die Bewaarder)

"Ons is dankbaar! sê die twee besoekers met trane wat deur hul oë loop.

"Ek hou ook van nuwe vriendskappe. Om weer langs my meester te wees, gee my 'n besondere plesier van diegene wat onuitspreeklik is. Net mense wat weet hoe om dit te verstaan, is ons twee. Is dit nie reg nie, maat? (Renato)

"Jy verander nooit, Renato! Jou woorde is van onskatbare waarde. Met al my waansin was dit een van die goeie dinge van my lot om hom te vind. My vriend en my broer. (Die psigiese).

Hulle het natuurlik uitgekom vir die ware gevoel wat vir hom gevoed het.

"Ons word in dieselfde mate geëwenaar. Daarom is ons verhaal 'n sukses, "het die jong man gesê.

"Dit is goed om deel van hierdie storie te wees. Ek het nie eens geweet hoe spesiaal die berg in sy trajek was nie, liewe skrywer "het Amelinha gesê.

"Hy is regtig bewonderenswaardig, suster. Boonop is jou vriende baie vriendelik. Ons leef ware fiksie en dit is die wonderlikste ding wat bestaan. (Belinha)

"Ons bedank julle vir die kompliment. Nietemin moet hulle moeg wees vir die moeite wat aangewend word om te klim. Wat van ons gaan huis toe? Ons het altyd iets om te bied. (Mevrou)

"Ons het die kans aangegryp om gesprekke in te haal. Ek mis jou baie "Renato het gebieg.

"Dit gaan goed met my. Dit is wonderlik soos vir die dames, wat sê hulle vir my?

"Ek sal mal wees daaroor! " Belinha beweer.

"Ja, kom ons gaan," het Amelinha saamgestem.

"So, laat ons gaan! " Die meester het afgesluit.

Die kwintet begin loop in volgorde wat deur daardie fantastiese figuur gegee word. Op die oomblik 'n koue slag deur die vermoeide geraamtes van die klas. Wie was daardie vrou, wie was sy, wat magte gehad het? Ten spyte van soveel oomblikke saam, het die raaisel gesluit gebly as 'n deur na sewe sleutels. Hulle sou nooit weet nie, want dit was deel van die berg geheim. Terselfdertyd het hulle harte in die mis gebly. Hulle was uitgeput om liefde te skenk en nie weer te ontvang, te vergewe en teleur te stel nie. In elk geval, óf hulle het gewoond geraak aan die realiteit van die lewe óf hulle sou baie ly. Hulle het dus raad nodig gehad.

Stap vir stap gaan jy oor die struikelblokke kom. Op 'n oomblik hoor hulle 'n ontstellende gil. Met een kyk kalmeer die baas hulle. Dit was die gevoel van die hiërargie, terwyl die sterkste en meer ervare beskermde, die dienaars met toewyding, aanbidding en vriendskap teruggekeer het. Dit was 'n tweerigting straat.

Ongelukkig sal hulle die pad met groot en sagmoedigheid bestuur. Wat was die idee wat deur Belinha se kop gegaan het? Hulle was in die middel van die bos wat deur nare diere geteister is wat hulle kon seermaak. Behalwe dit, was daar dorings en puntige klippe aan hul voete. Aangesien elke situasie sy standpunt het, was daar die enigste kans dat jy jouself en jou begeertes kon verstaan, iets tekort in die lewens van besoekers. Gou was dit die avontuur werd.

Volgende halfpad soontoe sal hulle tot stilstand kom. Net daar naby was daar 'n boord. Hulle is op pad hemel toe. In sinspeling op die Bybelverhaal het hulle komplementeer vry en geïntegreerd gevoel in die natuur. Soos kinders speel hulle bome klim, hulle neem die vrugte, hulle kom af en eet dit. Dan mediteer hulle. Hulle het geleer sodra die lewe deur oomblikke gemaak word. Of hulle hartseer of gelukkig is, dit is goed om hulle te geniet terwyl ons leef.

In die daaropvolgende oomblik neem hulle 'n verfrissende bad in die meer aangeheg. Hierdie feit veroorsaak goeie herinneringe aan een keer, van die merkwaardigste ervarings in hul lewens. Hoe lekker was dit nie om 'n kind te wees nie! Hoe moeilik dit was om groot te word en die volwasse lewe in die gesig te staar. Leef saam met die valse, die leuen en die valse moraliteit van mense.

As hulle verder gaan, nader hulle die lot. Regs onder op die roete kan jy reeds die eenvoudige hotel sien. Dit was die heiligdom van die wonderlikste, geheimsinnigste mense op die berg. Hulle was ongelooflik wat bewys dat 'n persoon se waarde nie is in wat dit besit nie. Die adel van die siel is in karakter, in die houding van liefdadigheidsorganisasies en berading. Daarom sê hulle die volgende gesegde: beter is 'n vriend op die plein werd as geld wat in 'n bank gedeponeer is.

'N Paar treë vorentoe stop hulle voor die ingang van die

kajuit. Het hulle antwoorde op hul innerlike navrae gekry? Net tyd kon hierdie en ander vrae beantwoord. Die belangrikste hiervan was dat hulle daar was vir alles wat kom en gaan.

Met die gasvrou se rol maak die voog die deur oop wat almal toegang gee tot die binnekant van die huis. Hulle betree die unieke ydele hokkie deur alles in die groot toestel te kyk. Hulle is beïndruk met die lekkerny van die plek wat voorgestel word deur die versiering, die voorwerpe, die meubels en die klimaat van misterie. Daarteenoor was daar op daardie plek meer rykdom en kulturele diversiteit as in baie paleise. Ons kan dus gelukkig en volledig voel, selfs in nederige omgewings.

Een vir een vestig u op die beskikbare plekke, behalwe vir Renato se kombuis, berei middagete voor. Die aanvanklike klimaat van skaamheid is gebreek.

"Ek wil julle graag beter leer ken, meisies . (Die voog)

"Ons is twee meisies van Arcoverde City. Albei het hulle in die beroep gevestig, maar verliefde verloorders. Vandat ek deur my ou maat verraai is, was ek gefrustreerd, bieg Belinha.

"Dis toe dat ons besluit het om weer by mans uit te kom. Ons het 'n ooreenkoms aangegaan om hulle te lok en as voorwerp te gebruik. Ons sal nooit weer ly nie. (Amelinha)

"Ek sal hulle almal ondersteun. Ek het hulle in die skare ontmoet en nou het hulle ons hier kom besoek, en dit het die spruit van die binneland gedwing.

"Interessant. Dit is 'n natuurlike reaksie op die lydende teleurstellings. Dit is egter nie die beste manier om gevolg te word nie. Om 'n hele spesie volgens 'n persoon se houding te beoordeel, is 'n duidelike fout. Elkeen het sy eie individualiteit. Hierdie heilige en skaamtelose gesig van jou kan meer konflik en plesier genereer. Dit is aan u om die regte punt van hierdie verhaal te vind. Wat ek kan doen, is om te ondersteun soos u vriend gedoen het en 'n bykomstigheid te word vir hierdie verhaal wat die heilige gees van die berg ontleed het.

"Ek sal dit toelaat. Ek wil myself in hierdie heiligdom bevind. (Amelinha)

"Ek aanvaar ook jou vriendskap. Wie het geweet ek sou op 'n fantastiese sepie wees? Die mite van die grot en berg lyk nou So. Kan ek 'n wens maak? (Belinha)

"Natuurlik, skat.

"Die berg entiteite kan die versoeke van die nederige dromers hoor soos dit met my gebeur het. Hê geloof! het die seun van God gemotiveer.

"Ek is so ongelowig. Maar as jy so sê, sal ek probeer. Ek vra vir 'n suksesvolle afsluiting vir ons almal. Laat elkeen van julle waar word op die hoof velde van die lewe. (Belinha)

"Ek gun dit! " Donder 'n diep stem in die middel van die vertrek".

Albei hoere het 'n sprong op die grond gemaak. Intussen het die ander gelag en gehuil oor die reaksie van albei. Daardie feit was meer 'n noodlot aksie. Wat 'n verrassing! Daar was niemand wat kon voorspel het wat bo-op die berg gebeur nie. Sedert 'n beroemde Indiër op die toneel gesterf het, het die sensasie van die werklikheid ruimte gelaat vir die bonatuurlike, die raaisel en die ongewone.

"Wat de hel was daai donderweer? Ek bewe tot dusver. (Amelinha)

"Ek het gehoor wat die stem sê. Sy het my wens bevestig. Droom ek? (Belinha)

"Wonderwerke gebeur! Mettertyd sal u presies weet wat dit beteken om dit te sê. "Verlustig die meester".

"Ek glo in die berg, en jy moet ook glo. Deur haar wonderwerk bly ek hier oortuig en veilig van my besluite. As ons een keer misluk, kan ons oor begin. Daar is altyd hoop vir diegene wat lewe. "Verseker die sjamaan van die psigiese wat 'n sein op die dak toon".

"'n Lig. Wat beteken dit? in trane, Belinha.

"Sy is so mooi, helder en gesproke. (Amelinha)

"Dit is die lig van ons ewige vriendskap. Alhoewel sy fisies verdwyn, sal sy ongeskonde in ons harte bly. (Voog)

"Ons is almal lig, maar op uitnemende maniere. Ons lot is geluk" bevestig die psigiese.

Dit is waar Renato inkom en 'n voorstel maak.

"Dit is tyd dat ons uitgaan en 'n paar vriende kry. Tyd vir pret het aangebreek.

"Ek sien uit daarna. (Belinha)

"Waarvoor wag ons? Dit is tyd. (Amelinha)

Die kwartet gaan uit in die bos. Die tempo van stappe is vinnig wat 'n innerlike angs van die karakters openbaar. Mimoso se landelike omgewing het bygedra tot 'n skouspel van die natuur. Watter uitdagings sal jy in die gesig staar? Sou die kwaai diere gevaarlik wees? Die berg mites kon enige tyd aanval wat redelik gevaarlik was. Maar moed was 'n eienskap wat almal daar gedra het. Niks sou hul geluk keer nie.

Die tyd het aangebreek. In die bate span was daar 'n swart man, Renato, en 'n blondekop persoon. In die passiewe span was Divine, Belinha en Amelia. Die span het gevorm; Die pret begin tussen die grysgroen uit die plattelandse bos.

Swart ou gedateer Divine. Renato dateer uit Amelia en die blondine dateer uit Belinha. Groepseks begin by die uitruil van energie tussen die ses. Hulle was almal vir almal vir een. Die dors na seks en plesier was algemeen vir almal. Variërende posisies, elkeen ervaar unieke sensasies. Hulle probeer anale seks, vaginale seks, orale seks, groepseks onder ander seks modaliteite. Dit bewys dat liefde nie sonde is nie. Dit is 'n handel van fundamentele energie vir menslike evolusie. Sonder skuldgevoelens ruil hulle vinnig maat uit, wat verskeie orgasmes bied. Dit is 'n mengsel van ekstase wat die groep betrek. Hulle spandeer ure om seks te hê totdat hulle moeg is.

Nadat alles voltooi is, keer hulle terug na hul aanvanklike posisies. Daar was nog baie om op die berg te ontdek.

Die einde

CPSIA information can be obtained
at www.ICGtesting.com
Printed in the USA
LVHW060801030423
743151LV00024B/182

9 786599 996856